KB203458

별빛 드는 창

대한문인협회 경기지회 동인문집 제3집

시음사
시사랑음악사랑

책을 펴내며

대한문인협회 경기지회의 "함께하는 경기지회 시향으로 하나 되자"라는 구호에 맞게 문학에 대한 열정과 사랑으로 창간호 "햇살 드는 창", 제2집 "달빛 드는 창"에 이어 아름다운 글꽃을 다채로운 빛깔로 엮은 제3집 "별빛 드는 창"을 출간하게 됨을 진심으로 축하 드립니다.

경기지회는 화합과 단합으로 문학의 발전과 회원 상호 간의 친목도모로 대한문인협회의 초석으로 우뚝 서게 됨을 자랑스럽게 생각하며 역대 지회장들의 수고와 애쓰심에 깊은 감사의 인사를 드립니다.

희로애락의 삶이 묻어나는 깊이 있는 글들로 한 편 한 편의 시들이 한낮의 햇살처럼 밤하늘의 별빛 달빛처럼 순수한 열정과 아름다운 시상으로 내면의 마음을 담아 누군가의 가슴에 작은 울림이 되고, 세상에 문학의 향기를 전하는 제3집 "별빛 드는 창"이 잔잔한 감성과 감동으로 독자들의 삶 속에 행복이 물들기를 기대하며, 멋진 작품집이 되길 소망합니다. 더불어 함께 해주신 44인의 시인 작가님들께 감사의 마음을 전합니다.
우리는 글을 쓰면서 삶을 되돌아보고 자신만의 색깔의 언어를 찾으며, 행복한 마음이 되기도 하고 살아있음을 느끼기도 합니다.
언제나 어디서나 지금처럼 문우의 정으로 기쁨과 슬픔을 함께 나누며 서로의 삶 속에 스며들기를 희망합니다. 또한 훗날에도 영원한 문학의 동지로 함께 할 수 있기를 바라며, 동인지 발간을 위해 수고해 주신 임원과 사랑으로 함께 해주신 경기지회 문우님들과 기쁨을 함께 나누고 싶습니다.

좋은 작품 많이 집필하시길 바라며, 건강과 행복을 기원합니다.

2024년 대한문인협회 경기지회 지회장 전선희

대한문인협회 경기지회 제3 동인 시집 『별빛 드는 창』 출간을 축하합니다.

계절 속 저마다의 온갖 꽃나무는 때를 기다려 꽃을 피워서 자신만의 아름다움과 향기를 전합니다. 철 따라 피는 꽃은 아름다움과 향기는 다름을 인정하는 창조적이고 독창적입니다. 이번 대한문인협회 경기지회 문우님들이 함께한『별빛 드는 창』동인 제3시집은 자연을 소재로 하거나 일상을 소재로 은유, 비유, 의인, 함축하여 정갈히 꽃피운 시향(詩香)은 삶을 조화롭게 보듬어 뿜는 言語(언어) 美(미)의 극치입니다.

이미 경지지회 동인 제1집『햇살 드는 창』과 제2집『달빛 드는 창』을 출간하여 많은 독자로부터 뜨거운 호응을 받은 바 있습니다. 이번 새롭게 출간한『별빛 드는 창』동인 제3 시집이 웅지를 품고 나래를 펼쳤습니다. 시는 절제의 언어이기에 할 말을 절제하고 감출수록 시의 진가가 빛이 나기에 시인은 굳이 말로 장황하게 설명하지 않아도 언어의 함축적 표현 속에 헤아리지 못할 것이 없다고 했기에 모래를 일어 사금을 캐내는 것보다 글자 밭을 헤쳐 아름다운 시구 찾기가 더 힘들다고 했습니다. 이번『별빛 드는 창』제3 동인 시집에 참여한 대한문인협회 경기지회 시인님 개개인이 소중히 품고 계신 시향(詩香)의 역량을 응집하여 하나의 동인 시집으로 탄생했습니다. 좋은 詩들이 경기지회 제3시집『별빛 드는 창』으로 응축하여 선보인 동인 시집이 웅지의 나래를 활짝 펼쳤습니다.

한국 문학계에서 왕성한 활동을 하고 계시는 대한문인협회 경기지회 시인님의 詩(시)들이 또 하나의 새로운 동인 시집 출간을 계기로 독자에게 다가가는 경기지회 동인 제3 시집『별빛 드는 창』동인지가 한국문단에 길이 남을 동인 시집이 되기를 희망합니다. 이번 대한문인협회 경기지회 동인지『별빛 드는 창』제3시집 발간(發刊)에 힘써 주신 전선희 지회장님과 임원 그리고 이번 경기지회 제3시집 동인지에 참여한 시인 한 분 한 분의 노고에 감사를 드립니다. 대한문인협회 경기지회『별빛 드는 창』제3동인 시집이 독자의 가슴에 아름다운 시적 선율로 흘러들어 삶의 위안이고 빛이 되기를 苦待(고대)하며 대한문인협회 경기지회 제3 동인 시집『별빛 드는 창』을 대한문인협회 경기지회의 모든 문인님 이름으로 독자에게 선사(膳賜)합니다.

2024년 대한문인협회 부회장 주응규

시인 강사랑

■ 프로필
시인, 수필가
대한문학세계 시, 수필 부문 등단
(사)창작문학예술인협의회 회원
대한문인협회 경기지회 정회원

〈저서〉
제1시집 : "겨울등대"(2016년)
제2시집 : "꽃이 오는 길에 봄이 핀다"(2019년)

〈공저〉
경기지회 동인문집 " 햇살 드는 창" 외

세상에서 제 일 하쿠 / 강사랑

한 강아지의 숨결을 느끼고
그 행동에 미쳐버리고
내 품에 포근함을 안으면
그 기쁨은 삶의 의미

숨 쉬는 "산소통"
겁 많아서 "야생 먹거리"
가족의 중심 "핵"
작고 소중해서 "작고소"

반했다.
울 애기
세상에서 제 일 하쿠

우산 속에 / 강사랑

비가 내리는 아침이다
7월의 초록들이 더욱 싱그럽다

너와 내가 한 우산 속에서
빗소리를 듣고 있다

너는 무슨 생각 할까?
나는 너를 안고만 있어도 좋다

내 품에 안겨 있는 너의 행복
비가 와도 바람 불어도 눈이 내려도
함께 있는 이 사랑이 너무도 예쁘다

좋은 아빠 / 강사랑

다람쥐 쳇바퀴 돌리듯
매일 같은 길 걷는 이유는
아빠란 이름을 준 아이들에게
꽃길을 만들어주고 싶어서
아침엔 해가 되고
저녁엔 달이 됩니다

남자로 태어나서
좋은 아빠 향기를 뿌리면
내 알곡이 토실토실 익고
남자 향기를 뿌리면
천년 지기 아내 얼굴은 꽃이 됩니다

무지개 바람 따라
사계절 세월 따라
여기까지 온 삶,
좋은 아빠로 머무는 자리에
피어난 소금꽃의 노을 진 하루는
새로운 날의 희망을 부릅니다

오늘도 좋은 아빠로
한 울타리에 피어있는 화초들에게
목마르지 않게 물을 주고 바람 막아주는 일에
발걸음은 쉼 없이 걷고 또 걷습니다.

또,
한 줄기 불꽃이 발자국 남기면서
그 누군가의 등대가 되어주는
참 좋은 아빠입니다

여름 감자 / 강사랑

고향 땅에서 엄마 손길 받아 가며
잘 커온 여름 감자가 상자 한가득
옹기종기 머리 맞대며 우리 집까지 왔다

사과보다도 더 예쁘게 생긴 감자를
한 솥 쪄서 동생이랑 함께 먹으니
어린 날이 어느덧 식탁에 앉아 있다

포슬포슬 속살 하얀 감자
달달한 백설탕 뿌려가며
한 입 한 입 떠먹을 때마다
우리 엄마 생각난다

올여름엔 감자로 또다시
어린 날을 회상하며 우리 아이들에게도
감자샐러드에 외할머니의 사랑 녹여 준다

여름 햇살을 보니 / 강사랑

초록 물결에
강한 햇빛이 반짝일 때
우리 엄마 들에 나가시어
온종일
땅 일구며 씨뿌리고 세월을 노래했다

초록 초록한 아침 하루에
강아지와 산책하다 문득,
바닥에 감꽃 떨어져 있는 걸 보곤
우리 엄마 생각에 찔레꽃 향기 머문다

계절 따라서
엄마 모습 빛바래 가고
어린 날 추억은 여름 초록 물결처럼 짙어만 간다

휘어진 중심축
곧추세우며
뜨거운 태양이 머무는 곳
밭으로 향하실 우리 엄마
또 세월을 노래한다

시인 공영란

■ 프로필
문학평론가, 작가, 작사가, 칼럼니스트, 기자

연간문학지 커피하길 창간인(현 대표)
제3회 김해일보신춘문예 대상
제2회 서울시민문학상
경기문학인협회 자랑스러운 경기문학인상
대한민국가곡작사가협회 국자감문학 가곡작사대상
뮤즈문화예술 수필부문 대상
한국수필문학상
남명문학 우수상

초승달 / 공영란

채워지면 저절로 보이는 줄 알았다가
하루 기울도록 눈썹 같은 아쉬움뿐이라
얼마나 비우고 기도했나 생각해 보니
그리운 질주만 부끄럽게 하였더라

손이 닳아 보름달이 되어도
기도를 멈추지 않았던 엄마처럼

밤의 구도자가 되기 위해 내딛는 걸음이
어둠의 숲을 떠나는 긴 여정일지라도
새살 차오를 때까지 많이 기다려야 하듯
별이 뜨고 지도록 다시 걷는 달빛

빨간 우체통 / 공영란

가슴 채웠던 아련한 그리움과
태양처럼 뜨겁던 열정의 순간
보석같이 빛나던 소중한 추억

기쁨과 슬픔 눌러 담은 연서들
묻어두었던 사랑까지 모두 안고
기다림과 인내로 버티는 그대여

가을은 / 공영란

노을빛 스며드는 구름바다에 눕는
별과 달에 터무니없이 낮은
서로의 신뢰에 물음표를 찍으며
탈선할 수 없는 숙명의 홀씨 품고서
적잖은 설렘과 기다림의 속내 감추고
한치의 외로운 기도로 흐르는 침묵

참 예쁜 꽃비지요 / 공영란

마른 가지 꽃잎 벙글 때처럼
너무 예쁜 봄비지요

곳곳 쌓인 잿더미 눈물범벅
꽃잎 눈같이 날려 꽃이불 만들어
까만 대지 덮고 향기로 토닥이며
말끔히 씻겨주는 단비

꽃눈 살그머니 밟고 느낀
참 아름다운 향수네요

사냥 / 공영란

목각 오리 떼 가족
훤히 산 내다보이는 동창에 뒀더니
작년 그랬던 것처럼 또다시

눈도 안 먼 까마귀 한 마리
머릴 처박아 유릴 깨부수어 사냥하려다
떨어져 허연 눈깔로 째려봐

눈물 대신 가슴 철렁 손까지 떨려
넌 아냐 이 정도는 돼야 해
유리창에 붙은 커다란 독수리 한 마리

시인 **국순정**

■프로필
2015 대한문학세계 시 부문 등단
(사)창작문학예술인협의회 회원
대한문인협회 경기지회 정회원
대한창작문예대학 6기 졸업
문예창작지도자 자격 취득
2018 한국을 빛낸 자랑스런 한국인 대상
2019 글벗 문학회 봄호 글벗문학 대상

〈저서〉
시집 "숨같은 사람"
〈공저〉
시집 : "동반의 여정", "햇살 드는 창", "문학 어울림2" 외

순정 / 국순정

꽃길을 걷고 싶다
꽃길을 걷고 싶다

내 안에 소녀가
벅찬 가슴으로
눈물을 흘려도 좋으니

코끝으로 스치는
바람 속으로
잠시 눈을 감고 들어간다

흥얼거리는
소녀가 다듬이소리 들려오는
심장의 노래를 들으며
아련한 편지에 젖는다

운명이 데려다준
아니 어쩌면
고집으로 달려온
낯선 길

차창 밖으로
스치듯 지나온
물망초 같은 세월을
한바탕 오열로 쏟아내고
티끌 하나 없는 그 시절

냉이 향 가득한 어느 날의
추억 속으로
돌아갈 수 있다면
돌아갈 수 있다면

호미 들고 감자 캐고
내 두 손에서
흙 내음이 나도 좋으리

내 아버지의 술잔 / 국순정

내가 어렸을 땐
당신은 세상에서 가장 다정한 큰 산이었습니다
내가 사랑하는 유일한 사람이었습니다

세상을 알아 갈 때쯤
무서운 바람이 불어왔습니다
그 알 수 없는 바람은
내 가슴까지 불어 눈물을 날리고
그저 의무감으로
무의미한 아버지였습니다

시간이 흘러
세상을 좀 더 알았을 때
세상은 내가 원하는 데로 살아지는 것이
아니라는 것을
상처를 주고 싶지 않아도 상처가 되고
상처를 받고 싶지 않아도 상처가 되는 것을

아직 다 하지 못한 말
풀어버리지 못한 벽장 속 이야기를
꺼내놓지 않을 것입니다

그것은 또 원하지 않는 상처일 뿐이라는 것을 알기에
어느 날

당신이 홀로 앉아 술잔을 기울일 때
나는 알았습니다
그 흔한 김치 한 조각
당신 술잔과 동행하지 않는 것을

그것은 당신이 원하는 것이었습니다
그것이 당신의 인생이었을까요
그 쓴 외로움이

그 술잔 속엔
버리지 못하는 빈 허풍만이 가득한 것을
나는 보았습니다

그 허풍 속에 감춰진 아픔들이
눈물로 술잔을 채우고 있다는 것을

그리고
그 눈물을 묵묵히 삼키고 계셨던 것을

내 아버지의
쓸쓸한 술잔 옆에
말없이 내 술잔을 놓아봅니다

아버지 고맙습니다
그리고 미안합니다 좀 더 다정한 딸이 되어 드리지 못하고
웃음이 되어 드리지 못했습니다

보이지 않는 허풍의 힘으로
높은 파도를 막아주고 계셨고 나는
그 고운 백사장을
맨발로 걸으며 투정했던 것을

아버지
아버지의 술잔이
더는 쓸쓸하지 않기를 바래봅니다

사랑합니다. 아버지

우리 엄마는 / 국순정

우리 엄마는 호랑이가
무섭지 않습니다

안방에 호랑이보다 더 무서운
시어른들을 모셔두고
지게 지고 산으로 향하고
호미 들고 삽 들고
들로 나가야 했습니다

우리 엄마는 쓸개가 없습니다

누르고 참았던 모진 세월
수모의 앙금 덩어리가
극심한 통증으로 남아
미련 없이 던져버리고 웃어주었습니다

우리 엄마는 죽고 싶어도
죽지 못했습니다

자식을 둘이나 앞세운 죄인이라
통곡조차 할 수 없어
냉가슴에 묻고
가슴앓이로
죽은 숨을 토해냅니다

우리 엄마는 바보입니다

따뜻하고 온화한 미소는
그 누가 보았는지 모를
살얼음 같던 청춘의 칼바람
운명의 수레바퀴에 묶인 족쇄를
끝내는 풀지 못하고
돌아온 주인에게 안방을 내어주는

우리 엄마는 허리가 땅을 향해 휘었습니다

눈만 뜨면 논과 밭을 기어다니고
남의 집 일에 딸린 자식 돌보느라
굽어진 허리 펴보질 못하고
고목이 되었습니다

우리 엄마는 나의 통증입니다

엄마를 보는 내 눈은
가시에 찔린 듯 쓰리고
내 가슴은 망치로 맞은 듯 아픕니다

나는 그 아픈 통증을
너무도 사랑합니다

시인 권삼현

■프로필
시인, 수필가
대한문학세계 시 부문 등단
대한문인협회 경기지회 정회원
(사)창작문학예술인협의회 회원

바다는 보석 물감 / 권삼현

아쿠아 마린이
영원한 젊음을 뽐내려고
얕은 바다 속살 보이게
쪽빛으로 물들이면,

에메랄드는
바다목장 표시하려
중간 바다 대륙붕을
녹색 풀어 염색하고,

사파이어는
속마음 들킬까 봐
수평선 지나는 깊은 바다
청색으로 물들인다.

다이아몬드는
공들여 들인 물감 행여나 지워질까
찰랑찰랑 물결이랑 위에다
반짝이를 입힌다.

파도는 / 권삼현

세찬 바람 불어올 땐
절벽에다 호통치며
갈기갈기 찢어내고
잘게 잘게 부수면서
포악한 짓 하다가도

산들바람 유혹에는
찰랑찰랑 웃어주고

뭉게구름 희롱에는
수억 만 개 눈망울을
반짝이며 놀아주는

야누스 로맨티스트!

중년의 밤 / 권삼현

일찍 잠이 깬 새벽
창밖엔 또닥또닥 봄비가 내리고
잠을 잊은 차 소리가 간간이 고요를 깨지만
세상은 아직 어둠 앞에 숨죽어 있다.

불현듯 '니 뭐꼬?'라는 화두가 머리를 스쳐
내가 누군지
잘 살아왔는지
행복한 지
잘 사는 건지
어떻게 살아갈지...
생각을 가다듬어 보지만
이런저런 사념들만 얽히고설킬 뿐
마땅한 답을 할 수가 없다.

인생,
니 어딨노? 니 뭐꼬?
이 고요한 새벽에 애타게 너를 찾으며 물어보는데
너는 그저 남의 일인 양
'그것은 네가 찾아야 돼'
'네 몫이야'라는
메아리만 울리는구나

인정머리 없기는
ㅎ.

가을밤은 / 권삼현

이글거리던 태양의 기를 꺾어 서산으로 넘겨 보내고
발버둥 치는 노을마저 어둠이 삼켜버려
밤새 무슨 일이라도 생길까 걱정마저 했는데

가을밤은,
지친 하루의 일상을
포근하게 평온 속에 잠재우고
별빛 달빛 하늘의 찬 기운을 온 누리에 받아 내려
오곡백과를 숙성시켜 맛 들이고
한낮에 태양이 하다 남겨놓은
단풍 염색 곰삭혀서 헹궈놓고
태양이 남기고 간 수증기와
밤의 찬 공기로 단이슬을 맺어서
아롱 대롱 풀잎에 달아놓고

새벽이 오자 수탉을 깨워
온 세상을 일깨우고는
여명에 부끄러운 듯
슬며시 꼬리를 감추며 사라져 간다.

단풍 / 권삼현

오늘 떨어질까 내일 떨어질까
엄습한 불안감에 얼굴은
샛노랗게 창백해져 가고
속 타는 가슴은 불이 나서
빨갛게 빨갛게 타들어 가는데
무심한 인간들은
아름답다 하는구나!

시인 권승주

■프로필
대구 경북대 졸업
대한문학세계 시 부문 등단
대한문인협회 경기지회 정회원
(사)창작문학예술인협의회 회원

왜 그런지 몰라 / 권승주

아름다움을 찾아
떠나는
삶을 사랑하는 마음

무엇인지도 모르고
왜
거기 있는지도 모르는
아름다움은
즐거운 인생을 만든다

꽃이 아름다운 것은
말이 없고
염화시중의 미소를 보내며
아름다운 사람은
내 마음을 흔들기 때문이다

무한히 많은
아름다움은
영원한 내 친구이다

사랑과 용서 / 권승주

밀물과 썰물
들어왔다가 나가는 저 바다
부자와 가난
아름다움과 추함
선과 악
음과 양
사랑과 용서

모두 한 몸인 것을

너와 나는
일심동체인 것을

떨어져 있어도
그대 생각에
늘
내 곁에 있어요

마곡사 가는 길 / 권승주

마곡사 가는 길
구불구불 인생길

울창한 나무로 하늘을 뒤덮고
구멍 난 하늘에 손바닥만 한 햇볕

수많은 중생들이
오간 발자국 소리에
염불 소리에 극락이 보이려나

마곡사 가는 길
님 찾아가는 길

지워도 지워도
살아나는 님 생각에

고통은 불사조 되어
훨훨

남은 여정 / 권승주

거의 다 왔는데
쉬고 가라 하네
자꾸만 붙드는 주막 아줌마

이제 가면 다시
못 오는데
아쉬움이 아줌마의
치맛자락을 잡고

갈 길 얼마 안 남았는데
짚신은 너덜거리고
배낭을 홀쭉

여기서
나한테 주어진 운명을 포기하면
멈추면 안 돼

내 곁에 남은 사람에게
사랑을
모두 주고 가야지

삶의 의미 / 권승주

산다는 것은 무엇인가
삶의 무의미를
한 번이라도 느껴본
사실이 있나요

하나님이 이 세상에
내 보낼 때
무엇을 하라고
명령했을까요

살 수 있는 본능만
주었지
더 이상
더 이하도 아니겠죠

이제 다 싫어요
아무것도 필요 없는데
무슨 의미가 있어요
본능이 사라질 때
세상을 떠나요

시인 김명호

■프로필
아호 : 석우(夕雨)

경기도 용인 거주
대한문학세계 시부문 등단
(사)창작문학예술인협회 회원
대한문인협회 경기지회 정회원
대한창작문예대학 졸업
문예창작지도자 자격 취득

〈저서〉
시집 "잊지 않으려고 쓴 글" (2024)

〈공저〉
"시 한 모금의 행복" (2023)
"시로 꾸며진 정원" (2023)

독백 / 김명호

끝을 알 수 없다는 것은
희망을 잃어버리지 않았다는 것이겠지
다 가져가지도 못할 것을
버리지 못한 욕망 속에 숨겨 두고
지쳐버린 추억들은 별을 외면하고
무너져 가는 비굴함은 외려 당당하다

완벽한 삶인 척 눈 감아 버리고
후회해도 돌이킬 수 없음은
거짓에 익숙해진다

나의 인생은 남들과는
다르다고 웃음 지으며
자위가 고집이 되고
주장이 아집이 되어
아무것도 볼 수 없고
누구에게도 귀 기울이지 않는다

굵게 패인 주름에
어릴 적 꿈은 지워졌으며
시시때때로 아파져 오는 무릎은
갈 길을 잃어버렸다
아무도 듣지 않는 독백만이
아직 끝나지 않았음을 증명하고 있다

외로움 / 김명호

길 위에
홀로 서서
외로움을 이길 수는 없다

자기를 위한 싸움에서
물러설 수는 없겠지만
남겨지는 것이 싫어
떠난 자리에도
환영처럼 미련만 남겨진다

피할 수 없다면
즐기려는 결심에
나를 더욱 가둬 놓고
이 시간 지나고 나면
다른 그 무엇에 매달려
잊힐지 모른다는 착각에

누구를 위한 것도 아닌데
채워지지 않는 빈 가슴 달래려고
여전히 서성대다
말없이 내리는 소나기에게
또 다른 길을 물어본다

혼자만의 시간 / 김명호

혼자 있을 수 있어
좋습니다

아무런 말 하지 않아도
오로지 나를 찾아가는 시간 속에
나를 두는 것이 좋습니다

누구를 이해시킬 필요도
누구를 속박하는 이유도
누구로부터의 이해도 강요받지 않는 것에
내가 있었으면 좋겠습니다

시간은 행복을 강요하지 않으며
미래를 걱정하지 않고
잊어야 할 과거에서 벗어나
나만의 시간이 되었으면 좋겠습니다

어느 누구도 누군가에 의해
바뀔 수 없음을 알고 있지만
누군가가 나를 바꿀 수 있다면
혼자에게서 벗어날 수 있는 길이 되겠죠

정년퇴직 / 김명호

이리 비틀 저리 흔들
멈춰 서지 않는 고달픔을
한 잔 술로 달래기엔
잊히지 않는 추억이 너무도 많다

바람 가는 데로 스쳐 가는 인생
한 번도 내 편인 적이 없었던 운명에게
알지 못해 울지도 못함을 한탄하며
어리석음만 확인하는 시간을 맞는다

비운다는 의미를 알기 위해
벗어버리고 던져버려도
가벼워지지 않음을 한탄하며
원한다고 모두 가질 수 있는 것이
아니라는 진실에 순응한다

그저 먹고 살았으면 됐지
누구와 비교하는 삶은 나쁜 것이라며
아무것도 남기지 않으시고 가신
아버님의 뒷모습에 목이 멘다

이별할 때 / 김명호

다가설 수도
멀어질 수도 없었기에
맴도는 자리

알 수 없었기에
침묵할 수밖에 없었고
묻지 않았기에
대답하지 않았었다

행여 우연히라도
두 눈 마주칠까 설레며
등 돌려 걸어도 보았지만

어쩔 수 없는 추억이
초라한 미련으로 들킬까 봐
오늘도 그 자리만 맴돌고 있다

시인 김선목

■ 프로필
대한문학세계 시 부문 등단
대한문인협회 경기지회장 역임
(사)창작문학예술인협의회 이사
대한창작문예대학 지도교수

〈저서〉
시집 "그대가 있어 행복합니다"

내 사랑아 / 김선목

꽃바람이 저만큼에서 불어올 땐
흘러갈 바람인 줄 몰랐어요?
봄바람 불어오는 날에
꽃바람 날리 듯이 활짝 핀 사랑은
바람에 날아갈 사랑인 줄
꽃잎이 쌓인 길을 걸으며 알았어요?
그리움 밟는 마음에
사뿐사뿐 날리는 내 사랑.

갈바람이 저만큼에서 불어올 땐
스쳐 갈 바람인 줄 몰랐어요?
갈바람 불어오는 날에
갈잎이 물들 듯이 붉어진 사랑은
바람에 떨어질 이별인 줄
낙엽이 쌓인 길을 걸으며 알았어요?
그리움 밟는 마음에
사뿐사뿐 날리는 내 사랑.
그리움 밟는 마음에
소복소복 쌓이는 내 사랑.

* 가곡 작시

동백꽃 당신 / 김선목

흘러가는 세월도
잊지 못할 그리움은
아름다운 꽃들이
잃어버린 향기인가!

이룰 수 없는 사랑은 왜?
너를 꿈꾸게 해!
떠나버린 사랑은 왜?
나를 애타게 해!
왜 그랬니?
왜 그랬어?
그 누구보다 사랑한
동백꽃 내 사랑아!

흘러가는 세월도
잊지 못할 그리움은
아름다운 꽃들이
잃어버린 향기인가!

잊을 수 없는 사랑은 왜?
너를 못 잊게 해!
잊어야 할 사랑은 왜?
나를 아프게 해!
왜 그랬니?
왜 그랬어?
그 누구보다 사랑한
동백꽃 내 사랑아!

* 가곡 작시

大地 / 김선목

생명이 탄생하는 핏줄 같은
물의 역사가 흐르는 곳
생명이 뿌리내린 아름다운 강산
이곳이 생명의 땅이다.

메마른 땅에 단비가 내리고
나무와 꽃들이 춤추며
온갖 새들과 풀벌레가 노래하는
싱싱한 생동이 신비롭다.

돌비알 된비알 언덕을 넘는
굴곡진 삶의 여정은
굴곡진 가람의 모래성을 서성이며
세월의 모래톱을 밟는다.

안돌이 돌아가는 인생은
낮은 곳을 흐르는 파문이 일고
파도처럼 소쿠라지다
파도처럼 스러진다.

햇발과 너울에 어깨를 내주는 땅
이 땅에서 살다가 가는 생명체가
흙으로 돌아갈 때에
한 줌의 토양이 될 터이다.

그대가 있어 행복합니다 / 김선목

내 마음에 품어야 할 사람 때문에
나도 모르게 마음이 아파집니다.

혼자서 해야 할 일 너무 많아
때로는 나 자신이 쉬어야만 할 때
당신의 사랑 숲에 이상의 나래 펴고
진정 웃을 수 있어 행복합니다.

내 어깨에 기대는 사람 때문에
나도 모르게 마음이 무겁습니다

혼자서 감당할 일 너무 많아
때로는 어려움을 잊어야만 할 때
당신의 팔베개에 현실의 나래 펴고
편히 기댈 수 있어 행복합니다.

* 가곡 작시

하얀 면사포 / 김선목

천사를 닮은 듯이 예쁜 여인이 여기 있소!
바라볼수록 빛나는 여인의 눈길은
아직도 하얀 면사포라오.

가족을 사랑하는 어여쁜 마음이
천사를 닮은 듯이 순수한 여인
영원한 내 사랑 하얀 면사포.

마리아 닮은 듯이 선한 여인이 여기 있소!
유리알처럼 빛나는 여인의 손길은
아직도 하얀 면사포라오.

이웃을 사랑하는 고운 마음이
마리아 닮은 듯이 순수한 여인
영원한 내 사랑 하얀 면사포.

＊ 가곡 작시

49

시인 김원철

■ 프로필
전남 완도 출생, 이천 거주
대한문학세계 시 부문 등단
대한문인협회 경기지회 정회원
(사)창작문학예술인협의회 회원

둥근 달 / 김원철

석양은
붉게 물들어가고

동쪽 하늘 산 너머
새벽이면 늘 샛별 올라오던 그곳
둥근달 노랗게 떠오르고 있다

낮엔 따사로운 햇볕 눈이 부실 정도고
골 따라 산천초목 푸른 물결 일으키며

밤엔 개구리 울음소리 천지를
진동하듯 푸른 들녘에 메아리쳐 온다

해와 달이 두 손 마주 주고받으며
하늘길을 외롭지 않게
머리 위를 지나가며
낮엔 눈부신 햇살로
밤엔 은은한 등댓불로
내 마음 따사로이
잡아주며 길 밝혀주고 있다

저 해님 가는 곳 어느 바다일까
저 달 머무는 곳 어느 뫼일까
저 별 오랜 옛날 기억조차 없던 그때라는데

오늘 밤 유난히도 밝은 달님
내 발길 붙잡고
눈조차 돌리지 못하게 하네
긴긴밤 지새우자 하네

자연 찬가 / 김원철

자연아
모든 것 사랑스럽게 품어주니
고맙고 감사하구나

모두가 찾는 예쁜 꽃도
그저 잡초에 불과한 미미한
눈에 그다지 띄지 않은 꽃조차도
자세히 다가가 보니
그렇게도 예쁜데
이 세상에 와서
아름다운 꽃을 피우고 가게 해 주어
고맙고 감사하구나

먹음직한 과일도
발에 밟히고 지나가도 모를
조그맣고 눈에 띄기 힘든 열매조차도
이 세상에 와서
귀한 열매를 맺고
가게 해주어
감사할 뿐이구나

경이롭고도 놀라운 너의 세계

벌들도 나비도 찾아와
축하해 주고
새들도 찾아와 노래하여 주고
그 사랑에 그저 감탄할 뿐이구나

유월 / 김원철

아름다웠던 꽃 피고 지고
귀하고 소중한 열매 맺어
온전한 결실 얻으니
시작과 끝의 보살핌은
하늘의 뜻

모든 것을 말려서 태워버릴 것 같은
6월의 저 강렬한 태양도

주렁주렁 매달려 있는
풋과일에는
최고의 맛을 제공하는 하늘의
기운이요 보살핌

풍미 가득한
풋과일이 자라나는 최고의 달이라
할 수 있으니
쉴 새 없이 무럭무럭 자라는 모습
보일 정도다

청춘의 계절처럼 사랑의 열매로 영글어가고
젊음의 계절처럼 정의로운
색으로서 불타오르고
정열의 계절과도 같이 의욕과 힘이
차고 넘치니

유월은 연중 왕성한 달이라
하지 않으리

세월 가는 길 / 김원철

나의 가는 길 어디인가
저 하늘 망망대해 떠 있는 섬
은하의 나라 태양계의 지구촌

45억 년이나 되는 먼 곳으로부터
수만 년 전으로부터
수십 년 전
지구의 촌락에 떨어졌으나

그 이전부터
은하의 나라를 향해
이 순간에도 멈추지 못해
질주하고 있다네

그리고 끝내 함께 가지 못하고
바통을 넘겨주고
그 촌락의 언저리에서 사라져야만
하고 말 것이네

가는 시간마저 가늠되지를 않아
유성이 떨어지는 밤하늘 보며
보석같이 빛나는 나라
동화 속 별나라 꿈을 꾸며

밤낮을 돌고 돌아
살아 빛나는 별나라
은하수 심장부를 향해 간다네

그렇게 세월 가는 길 멀고 험하다 해도
돌고 돌아가는 것이라네 영원히

회상 그리고 영원한 여정 / 김원철

길 떠난 지 오랜 세월
주마등처럼 스쳐 지나가는 필름
두고 온 추억
스치는 추억
해와 달과 별 무리
함께 달려온 세월
잠시 꺼내 보기도 한다

수없이 지나왔을 그 길을 따라
한 번도 가보지 않은 길을
수없이 지나쳤을 그곳을 따라
한 번도 가보지 않은 곳을
삶의 애환이 담긴
보따리 가지고 간다

신의 영역 안에서
동행하는 모든 이웃과
나는 오늘도 그 길을 걷고 있다

알 것도 모를 것도 같지만
그곳으로 가고 있는
인생의 영원한 여정
절대로 짧지도 않으나 삶을 알고
가기에는 충분치 않은 과욕의 세월
신의 장막은 펼쳐져 있다

오늘은 비처럼
내일은 빛처럼

길지 않은 삶을 스쳐 가는 여행
될지라도 발자국 따라
영원한 여정을 보내게 되리라

55

시인 김종각

■ 프로필
경기도 시흥시 거주
대한문학세계 시 부문 등단
대한문인협회 경기지회 정회원
(사)창작문학예술인협의회 회원

동인 활동
문학어울림 회원
시를 꿈꾸다 회원
시의 뜨락 회원

봄이 오면 / 김종각

잠에서 깨어난 봄 내음
갈대의 잎들은 거센 바람에
고개 숙여 떨고 있다

살포시 찾아온 계절에
파란 하늘과 구름을 바라보며
미래에 있을 과녁을 향해 달려 본다

밝아오는 봄은 꿈을 재촉하고
봄 나비 그 모습을 보며
나도 날개를 달아 꿈을 향해
힘차게 날아 본다

사랑의 상처는 / 김종각

밀려왔다 가는 썰물은 조약돌에
모래알만 적시어 떠나버린 슬픔만이
남기고 부서지는 파도처럼 뺨을
때리며 쓸쓸히 돌아선 상처만 남기고
가는구나

우연히 손잡고 해변을 거닐며
단둘이 사랑을 약속했다고 부서진
파도처럼 쓸쓸한 추억만 남기고
가버린 바다의 여인은 가고 없는
야속함은 더하구나

거친 바다 위를 날다 황혼이 지면
애처로운 갈매기 울음소리에
슬피 울며 내 속을 파헤쳐 놓는구나!

달밤의 별빛과 그림자는 아는가
붉게 익은 태양은 서산을 넘어 어둠이
짙어지면 남는 건 아리고 쓰라린
상처의 그림자 같구나, 이것이 차가운
사랑의 상처인가

그대 지금 어디에 / 김종각

단둘이 사랑을 약속하고
정녕 사랑한다는 말 한마디 없이
떠난 그대 슬피 우는 소쩍새도
봄 되면 돌아오는데 떠나버린 그대
참 밉습니다

내가 그토록 싫은지요
내 곁을 떠날 만큼 내가 미운지요
그대 지금 어디에 있는지
소식이라도 전해주오

한때 소꿉놀이만큼 순간 행복했던
옛 생각에 그대를 불러봅니다
그대 언제라도 나에게 다시
돌아온다면 두 번 다시 그 손을
놓지 않을 테요.

솜털의 미소 / 김종각

겨우내 움츠렸던 들판은
침묵을 깨고 얼굴빛이 촉촉하구나

봄바람은 싸늘한 꽃샘추위에
앙탈 부리며 또 한 번 멈칫하는구나

잠에서 깨어난 민들레여
기지개 켜며
눈 부신 햇살을 흠씬 마시는구나

당신 곁으로 / 김종각

난 당신 곁으로 밤엔 달빛
그림자 벗 삼아
난 걸어가고 있어요

난 당신 곁으로 낮엔 태양빛
그림자 벗 삼아 또 걷고 이렇게
난 걸어가고 있어요

높은 구름 지나며
당신과 가까이 있기 위해
자유로워지기 위해 설레는
마음 감출 수 없어요

시인 남원자

■ 프로필
경기도 광주시 거주
대한문학세계 시 부문 등단(2020년)
대한문인협회 경기지회 정회원
(사)창작문학예술인협의회 회원
문예창작지도자 자격증 취득

〈저서〉
시집 "꽃 피는 삼월"

인생살이 / 남원자

하루 이십사 시간을 쉬지 않고
목적지도 모르고 가고 또 간다
뚜벅뚜벅 걸어서 간다

새벽을 깨우는 소리에
주섬주섬 마음을 가다듬고
하루를 시작하는 문을 나선다

초침과 분침의 움직임 속에
수없이 재잘거렸을 너를 생각하니
희로애락이 스쳐 간다

집으로 가는 열차에 몸을 싣고
차창 밖을 보니 달리는 저녁노을이
고단한 나를 보고 웃으며 응원한다.

여자의 일생 / 남원자

주름진 얼굴은 살아온 삶의 무게
여장부의 삶으로 가족을 책임지며
살아온 세월 옹이진 손과 발
옹이진 마음에는 서리가 내린다

축 늘어진 어깨의 무게는 천근만근
삐걱거리는 관절 부실해진 허리
눈은 더듬더듬 귀는 메아리쳐 들리고
병원 문을 내 집인 양 넘나든다.

적신호에 불이 켜진 몸뚱이
기계도 고장이 나면 교체하는데
100세까지 가려면 몇 번을 교체해야
안전하게 살아갈 수 있을까

지나가는 봄바람아
외로운 가슴에 친구가 되어 주렴
푸념과 구시렁구시렁 소리도
괜스레 가슴이 먹먹해집니다.

화랑유원지에서 / 남원자

높고 푸른 가을 햇살 아래
노랗게 물들어 가는 은행잎
빨간 단풍잎 형형색색의 나뭇잎
가을동화 에덴동산에 온 것 같다

강을 따라 둘레길에 곳곳마다
줄지어 서 있는 시화전 축제장
안산 자락에 아름다운 단풍과
호숫가 주변 시에 담긴 사연들

맑고 푸른 가을날 여류 작가들
무슨 사연 들고나왔을까?
호숫가에 둘러앉아 하하 호호
즐겁게 이야기꽃을 피운다

살랑살랑 불어오는 가을바람에
갈대가 음악에 맞춰 춤을 추고
마을 거리거리마다 축제의 소리
난 가을을 노래하는 시인이 된다.

내 눈에 콩깍지 / 남원자

인연이란 것이 참 묘하다
사진만 보고도 첫눈에 반하고
눈 덮인 하얀 초가집처럼 따뜻한
평생 같이 살아도 행복할 사람

제 눈에 안경이라
구겨진 옷을 입어도 멋지고
수염은 덥수룩해도 멋있는
짜장면 한 그릇을 먹어도
둘이라면 행복한 순간들

남산에 많은 계단도 폴짝폴짝
사랑에 눈이 멀어서 선택한 사람
둘이 서로 눈이 마주치면
눈에서 사랑의 큐피드가 날아간다

지금은 아이들은 다 떠나보내고
등 긁어주고 아픈 다리 주물러주고
서로의 건강을 위해 기도하면서
나머지 인생도 콩깍지가 벗겨질 때까지
서로 의지하고 사랑하며 살아간다.

축복의 선물 / 남원자

첫눈이 내리는 날
흰 꽃송이가 송이송이
바람에 흩날리고 있을 때
축복의 선물을 받았다

너무도 기다리고 기다리던
하얀 눈송이가 어찌나 예쁘던지
손으로 받아서 간직하고 싶었다

눈 깜빡할 새
뜻밖의 선물을 주고 간 천사가
얼마나 고마운지
두근거리는 마음 설레인다

가슴은 쿵쾅거리고
하늘을 날아갈 듯이 기뻤다

전화기 너머에서 들리는
아들의 기뻐하는 소리는
지금도 생생하여 잊을 수가 없다

천사의 깜빡이는 눈을 보는 순간
저 깊은 마음에서 흘러나오는
뜨거운 전율을 온몸으로 느꼈다

사랑하는 아가야
너는 별처럼 아빠와 엄마에게
소중한 축복의 선물이란다

가장 사랑스럽고 축복받은 천사야
이 세상에서 빛과 소금이 되기를 바란다.

시인 **문경기**

■ 프로필
경기 용인특례시 거주
대한문학세계 시 부문 등단(2017년)
(사)창작문학예술인협의회 회원
대한문인협회 경기지회 정회원
모범공무원상 수상 및 정부 옥조근정훈장 수훈
UN NGO 문학대상 수상(2023년)

〈저서〉
시집 "별빛 내리는 뜨락"

모란과 작약 / 문경기

이른 봄 새싹 틔운 모란과 작약
꽃들이 핀 세상 교만하게 비웃고
시샘하며 화려하게 꽃을 피우네

모란은 어여쁜 얼굴을 뽐내면서
작약은 날씬한 자태로 폼내면서

온 봄을 여왕처럼 군림하더니만
시간의 강물에 계절이 흘러가니
똑같이 지는 모습은 초라하구나

연인 / 문경기

그토록 헤매며 찾았던 임이라서
천 리 길 멀다 하지 않고 달려가고

서로가 서로를 늘 그리워하면서
하늘의 고운 별 따주고 싶어하네

안 보면 보고 싶어 안달이 나지만
바라보면 마음에 사랑꽃 피우지

연인은 사랑 위해 갈등은 없애고
서로의 마음은 변치 않아야 하리

마음속의 호수 / 문경기

기쁨과 슬픔의 느낌이
여울지며
잔잔하게 물결치고

사랑과 미움의 마음이
갈등하면서
살랑대며 흔들리고

행복과 불행의 감정이
공존하며
소중하게 담겨 있는 곳

그곳 마음속 호수에는
일렁이는 물결을 헤아리는
포용의 너른 하늘이 있다.

님의 향기 / 문경기

어두워서 보이지 않아도
그 님의 모습이 선연하게
보이는 것은
무슨 까닭일까요?

저 멀리에 떨어져 있어도
그 님의 얼굴이 가깝게
느껴지는 것은
무슨 까닭일까요?

안 보려고 눈을 감고 있어도
그 님의 선한 눈이 곱게 그려지는 것은
또 무슨 까닭일까요?

그것은 사랑을 가슴에 품은
나의 마음속에
님의 향기를 가득 채웠기 때문입니다.

상사화 / 문경기

그리운 님의 고운 모습 보고파서
온 누리를 헤매며 찾으려 했으나

운명의 장난인지 이루지 못하고
한없는 그리움 안고 피어나는 꽃

그 얼마나 그리움이 사무쳤으면
저토록 빨갛게 선혈을 토하는가

아서라 이루지 못할 사랑이라면
저 꽃잎 속 연정을 모두 태워버려라

시인 문대준

■ 프로필
1964년 전라남도 영암군 영암읍 출생
현) 경기도 김포시 거주
2024년 01월 대한문학세계 시 부문 등단
대한문인협회, 경기지회 정회원
(사)창작문학예술인협의회 회원
웃음짓는 망치 시인으로 활동 중

망치쟁이 / 문대준

망치 들고 일해서
애기들 분유 사 먹였고
망치로 못 박아서
먹고살았네

망치잡이 굳은살은
우리들의 계급장이었고
무거운 자재 둘러메면서
체력 단련하며 살았었다네

땅땅거린 망치 소리는
우리 귀엔 음악 소리였고

아들딸 두 녀석을
대학 졸업시킨 지금에는
소중한 그 망치가 녹이 슬까?
염려된다네

아직도 내 몸뚱어리 한창이라
생각하며 뚝딱거리니
힘이 펄펄 청춘이구나.

언덕 위의 들장미 / 문대준

하얀 꽃잎을 화려하게
피운 너는 어울리지 않은 곳에
집을 지었다.
외딴 풀숲 언덕에 넌 피었다.

앙증맞게 작은 꽃송이가
맘에 들어 사랑하고
잊지 못할 만큼의 매혹적인 향기에
반해서 너를 사랑한다

저 언덕에 하얀 꽃 피워 놓고
외롭게 서 있는 들장미
너를 사랑한다

부담스럽지 않게 수더분한 네가 좋고
소란스럽지 않은 너의 분위기가 좋고
너의 곁에 개구리 소리가 좋고
풀벌레의 노랫소리가 좋다
내가 널 사랑하고
좋아하는 이유이다

아무도 오지 않는다고 슬퍼 마라
너의 꽃잎들이 바람에 흩날리는 날까지
내가 너를 흠모하리라.

꽃무덤 / 문대준

내가 사랑했었던 너희들의 화려한
주검들을 못 본 체하려 한다.

간밤에 떨어져 내린 꽃 이파리들이
켜켜이 누워져 있다
저벅저벅 거리는 발자국 소리에
싸늘한 생각을 할 때쯤에

내 님의 발소리는 나를 즈려 밟고
지나가고
나는 피를 토해냈어도 꽃의 웃음을
웃었고 길바닥에는 내 웃음의
탁본이 누워져 있다

수많은 꽃들은 바람을 맞아
힘없이 떨어져 내리고
길 위에는 나를 사랑하는 님들이
사뿐한 발소리로 즈려 밟아버리신
꽃 그림들로 범벅을 이룬다

한 잎 또 한 잎씩 내려오는 꽃잎들의
무덤처럼 길 위에는 밟혀진 꽃들의
슬픔의 얼굴들로 가득하다.

붉은 장미 / 문대준

내가 사랑하는 이여
나를 사랑해 주오

핏빛 물들 때까지 붉게 피었을
나를 기억해 주오
나의 꽃잎이 뚝뚝 붉은 물 흘리고
서서 당신의 사랑을 기다립니다

담장 울타리를 기어올라
밤이면 이슬에 내 마음을 씻고
낮에는 뙤약볕에 당신에 대한 그리움을
물들였습니다

사모하던 마음이 아픔의 가시로
돋아나고 가시의 아픔 속에서 붉게
꽃피어 오릅니다

나를 사랑하는 이여
달이 밝아 내 모습 보이거든
나를 한 번만 안아주오
달빛이 나를 환히 비추거든
내 붉은 입술에 입을 맞춰주오

내가 사랑하는 이여
붉게 물들었던 나를 기억해 줘요
사랑하는 이여
나의 향기를 절대 잊지 말아 줘요.

수박(납량특집) / 문대준

무서운 식칼 들고
꼭지를 뚝 잘라내더니
너의 얼굴을 이리저리 굴려본다.

넌 내게 무서움 주려고 줄무늬 호랑이 분장을
했지만 이내 누운 채로 쟁반 위에서
체념을 한다

식칼이 너의 중앙을 스윽 내려치니
빨간 너의 속살은 핏물 흥건하다
빨간 살에 빨간 물 뚝뚝 흐르고
식칼은 너를 반달처럼 툭툭 조각 내놓은 채로
우린 침 흘리며 너의 빨간 살을 입에 가져간다

너의 속살의 달콤함은
내 님의 빨간 립스틱 발라진
입술보다 더 달콤하기만 하고
애타던 내 목구멍 까지를 시원하게 달래준다

너의 얼굴에 박힌 검은 주근깨를 나의 요염한
혀의 현란함이 하나도 남김없이 모두 발라내서
입술을 모아서 풋- 풋- 하며
내 님을 향해 사랑의 총알을 쏜다
한여름 수박은 시원했고
우리의 가슴을 서늘하게 해준다

시인 박기숙

■ 프로필
시인, 수필가
좋은문학 창작예술인협회 시, 수필 등단
대한문인협회 경기지회 정회원
(사)창작문학예술인협의회 회원
서울국제 베뢰아 대학원 베뢰아 아카데미 본강 수료

〈저서〉
제1시집 "기다림이 머문 자리"
제2시집 "인생의 향연"

나이아가라 폭포 / 박기숙

미국 동북부 여행을 떠났다

미국과 캐나다 사이에 있는 세계 제일의 폭포인
나이아가라 폭포수를 보기 위해
빨간 우비 복과 방수 신발을 신고
우리들은 차례대로 크루즈 배를 타고
저 멀리 폭포수가 떨어지는 곳을 향하여 힘차게 달려갔다.

폭포수 떨어지는 물결치는 곳에서는
무지갯빛같이 오묘하게 그림을 그리고

촬영을 부탁하는 어떤 신혼부부의 부탁으로
사진도 찰칵 찍어 주었다

사방에서 쏟아지는 인간의 경탄 소리와
노도(怒濤)와 같이 뿜어내는

폭포수의 장엄하고 위엄에 찬
시원한 폭포수 소리는 더욱더 조화를 이루고
세계에서 가장 아름다운 환상 속으로
유혹의 장관을 이루는 듯하다.

로마와 바티칸 교황청 / 박기숙

로마의 옛 역사를 보고 바티칸 교황청을 관람하기 위해
2㎞의 줄서기를 하고 나서
2시간 동안 기다렸다가 교황청 실에 빨간색 기가 꽂혀 있으면
교황님이 계시는 거고 빨간색 기가 없으면 안 계시는 거란다

오늘은 일요일이라서 교황청에 계셨다
직접 보려면 예배를 드려야 하는데
시간 때문에 예배를 못 드리고,
베드로와 제자들의 무덤이 있는
베드로 성전에 가서 기도하였다

물론 예수님의 무덤은 사흘 만에 부활하셨으므로 없었다

예수님의 열두 제자들이 있는 베드로 성전을
관람하고 로마와 바티칸 도시는 별개의 도시라는 것을 알았다.

스위스의 융프라우 / 박기숙

스위스의 융프라우 알프스산맥 속을
빨간 기차를 타고 S자 모양의 불속을 달리듯이,
요리 조리로 잘도 빠져나간다.

아래는 울긋불긋 꽃들의 잔치가 한창이고
저 푸른 호수 위로 하얀 안개꽃은 몽실몽실
피어나고 푸른 들판에는 하얀 말들이 평화롭게 풀을 뜯고 있다

기차 속에서 사람들과의 대화가 진행되는 동안에
알프스산맥의 정상에 도착했다

사람들은 바깥 알프스산맥의 정상을 밟기 위해서 얼음 동굴 속으로 빠져나간다.

아들도 알프스산맥 꼭대기에 대한민국과 자기 이름을 쓰고 왔다고 자랑한다

나는 동굴 속을 못 나가서 하얀 눈꽃에 내 이름 석 자는 쓰지는 못했지만
지금도 더위가 기승을 부리는 이 순간에는

하얀 알프스산맥의
장엄하고 위엄에 찬 스위스 알프스산맥의 시원한 얼음 굴속과

하얀 눈으로 덮인 정상의 융프라우가
눈앞에 삼삼하게 떠오른다.

에펠탑의 매력 / 박기숙

비가 주룩주룩 쏟아지는 벌판에
중국 관광객과 한국 관광객은 일렬횡대로 줄을 서 있다

신비에 싸인 에펠탑을 구경하기 위해서다

지난밤의 찬란하게 빛나는 네온사인의 불빛은
어디로 가고 외롭게 철탑만 우뚝 서 있다

우리들은 수십 명이 타는 엘리베이터를 타고
신비의 에펠탑 속을 경이로움과
찬탄(燦誕)에 터져 나오는 함성을 지르며
위로 높은 꼭대기까지 올라가서
망원경으로 파리 시내의 전망을 바라보았다

파리 시내를 에펠탑 꼭대기에서 바라보는 이 아름다운 묘미가
세월이 흘러가도 영원히 잊을 수가 없다

에펠탑 속에서의 신비한 구경거리는
내 인생의 꽃길처럼 나를 아름다운 환상 속으로
유혹하는 듯하다

아직도 에펠탑의 추억을 잊지 못하고 있다
파리 올림픽을 보니 더욱더 에펠탑의 모습이 그리워진다.

프랑스 센강의 추억 / 박기숙

야광의 달빛 속으로 크루즈를 타고
센강의 물줄기를 달린다

와~와~와~

환희에 터져 나오는
경탄의 함성이

합창단의 노랫소리처럼,
밤하늘에 고요를 깨트리며

센강의 불빛을 타고
고요한 정적 속으로
울려 퍼진다

저 멀리 에펠탑에서 섬광처럼 반짝이며
비추는 황홀한 불빛에
센강의 추억은 익어가고

양쪽으로 즐비하게
늘어선 고궁들의 모습은

프랑스의
옛 역사를 상기시키며
그 위용(偉容)을 자랑하는 듯
감탄이 절로 나온다

아! 그리운 센강의 추억이여!
언제 한번 다시 가 볼 수가 있을까?

시인 박만석

■ 프로필
경기 시흥 거주
대한문학세계 시 부문 등단
대한문인협회 경기지회 정회원
(사)창작문학예술인협의회 회원
대한창작문예대학 졸업
문예창작지도사 자격 취득

〈공저〉
시집 "풍경문학" 외 다수

항아리 속의 비밀 / 박만석

소나기 퍼붓듯
써 내려간 글자마다
희로애락이 담긴다.

장독대 항아리에
차곡차곡 채워지는 빗방울처럼
여백을 채우는
한편의 문장이 음각되어 간다.

오밀조밀 채워지는 사연들
제각각 엇박자를 내며
독점하려 허덕이고

수주하지 못한 머리는
빗소리와 동행하며
삭막한 침묵을 걷는다

마치 침묵에서
먹잇감을 구하려는 사냥개처럼

바람도 쉬어가는 집 / 박만석

성거산 끝자락
봄 내음이 솔솔 풍기는
아름다운 도솔 카페가 있다

농사일에 지친 어르신
안마의자에 심신을 달래고
향긋한 커피 한 잔에
이야기꽃을 피운다

밤낮으로 개방된 탓에
갈 곳 잃은 바람도 쉬어가고
지나가는 나그네 또한
유유자적 세월을 낚는 곳

허술해 보이지만 정이 넘치고
모자란 듯 꽉 찬 카페
사랑과 행복이 숨 쉬는 그곳에
성거산 지킴이 멋진 사내가
꺼져가는 불씨에 불을 지핀다

진흙 속의 진주 / 박만석

감미로운 향기
아련한 그리움이
바람에 실려 날아든다

지난 추억 속에
지나쳐 버린 순간들
진흙 속에 진주처럼
소중하게 빛나고

뒤늦은 후회
말로 표현할 수 없는
그리움이 활짝 핀
꽃 속에 녹아든다

기화요초보다
청초한 너의 모습
한 가닥 희망을
꿈꾸며 가슴에 품는다

백지 같은 나날들 / 박만석

하얀 백지 같은 하루
이엉 엮듯이 엮어 보지만
살얼음판을 걷는 기분이다

고집스러운 생각과
걸러지지 않는 감정의 찌꺼기
솜사탕 같은 하얀
눈송이에 날려보지만

아물거리는 침묵 사이로
시를 독점한 가슴이
탈선의 유혹을 건너
정상 궤도의 진입을 못 하네

후회뿐인 일 년이
바닥을 드러내고
무소불위를 꿈꾼
멍든 한 해가 저물어간다.

아버지의 얼굴 / 박만석

밭이랑처럼
깊게 팬 주름살
이랑마다 한숨이
메아리친다

자식들 걱정에
곱살하던 얼굴엔
근심 두 줄
걱정 석 줄로
오선지가 그려지고

밤마다 소쩍새
우는 소리에
소주잔에 슬픔을
가득 채우셨던 아버지

아버지란 이름 뒤에
새겨진 애틋한 사랑
그리움이 상그레
미소 지으며
밝은 미소로 나를 밝혀준다.

시인 박미향

■ 프로필
대한문학세계 시 부문 등단
(사)창작문학예술인협의회 회원
대한문인협회 경기지회 정회원
시서울 시 낭송회 회원

〈저서〉
제1시집 "산 그림자"
제2시집 "물들어가는 인생꽃"

단풍 / 박미향

녹색의 이름에서 벗어나
채색을 그리는 듯 울긋불긋
오색으로 물들어
보일 듯 말 듯 가리는 그림자
달리는 차 창 너머에 빠져든다

아름다운 뭉게구름도 넘실넘실
보고 싶은 임은 숨바꼭질하자는데
노란 단풍잎 방긋이 얼굴 내민다
야호 심 봤다.

엉겅퀴 / 박미향

산기슭 언덕 찌는 듯 더운 날
비 맞은 모습 색이 곱다

너처럼 아름답고 향기로운 시절
나도 향기롭고 풋풋하던 세월

좋은 시간 다 보내고 나면
세월 따라 변해가는 게 인생
늙어 가는 시간이 아쉽구나.

영초 / 박미향

보기만 해도 힘이 불끈
온몸에 퍼지는 전율
달아오르는 혈기
마음의 보석과 희망이다.

기지포 해수욕장 / 박미향

중년으로 넘어가는 세월
낙조의 꿈을 못 잊어 머무르며
금빛 모래사장에 발을 담갔다

엉덩이 씰룩대며 들이대는 파도
세월은 언덕 넘어 산등성이로 달리고
데자뷔를 향해 발버둥이라도 치고 싶다

샹송과 가사를 몰라도
입술은 여전히 실룩거리며 오글오글
솔향이 보거나 말거나
짱뚱어가 꼬리 흔들며 달려든다

경치가 좋은 카페는 젊은 연인들 사이
할머니의 시 낭송이 카페에 퍼지며
흉보라면 보라지 늙어 주책없어도 좋다

붉은 저녁노을이 입술을 가리며
서산 넘어 물속에 빠져 허구적
세상 살아가는 시간이 아쉬워
넋두리에 빠져 바짓가랑이를 잡아챈다.

신호등 / 박미향

파란 청춘의 언덕
비비며 오르고 도착한 곳
올바른 자존감이 버겁다

노란 중년의 선택
힘들고 병들어 지쳐가는 나그네 인생
야윈 어깨 내려놓고 붉은 노을
넘어가는 여정의 섬 끝이다

적색 신호등처럼 쉬어 가는 노년의 길
그 또한 지나가리 먼 여행 약속하며
편히 누울 자리 찾아 나선다.

시인 박청규

■ 프로필
시인, (장로), 경기 안산 거주
대한문학세계 시 부문 등단
대한문인협회 경기지회 정회원
사단법인 한국문인회 정회원
사단법인 한국기독교 부흥협의회 실무 부회장 역임
대한 예수교 장로회 목사 은퇴
성경연구원 대표 역임
(중국) 중의사, 침구사
경찰신문사 사회부 부장 역임

눈물의 수채화 / 박청규

세월이 휩쓸고 간
비 오는 밤길

바람이
옛 추억을 손짓하네

애잔한 세월이 흘러
눈물로 수채화를 그리네

탈색된 지금
지난날 생각한들

멀리서 바라만
보고 있네

숨긴 사람 / 박청규

가슴에 숨기고
살아온 세월이
너무도 길었습니다

청명한 날도
비 오는 날도

당신을 사랑함은
변함이 없었습니다

고요한 밤
외로울 때면
더욱 생각납니다

언제나
함께 할 순 없겠지만

가슴에
늘
간직하고 있습니다

여인의 일생 / 박청규

정든 고향 뒤에 두고
임 따라온 길

밤낮 없는 타향살이
깊은 밤 흘린 눈물

새벽이슬 만들고

온갖 유혹 뿌리치고
가정을 지킨 순정

생사의 갈림길에
자식 낳아 알곡 되니

바람 따라 흩어지네

부모님 생각 / 박청규

부모님 모습이 그립습니다
그때는 저희가
가정의 꽃이었지요

어머니는 건강을 위해서
일하셨고
아버지는 우리에게 꿈을
키워 주셨습니다

집 떠난 세월은
걷잡을 수 없어
눈과 비바람이 불어왔지요

참고
밤낮 노를 저어
이곳까지 왔습니다만

지금부터는
미래를 보는 눈이 흐려지고
저의 꿈도 좁아져 갑니다

오늘따라
부모님 생각이 납니다

아브라함 / 박청규

그 밤은
달빛도 빛을 잃었으리라
구름은 바람에 밀려가고

정든 고향
일가와 친족
롯과의 헤어짐
하갈과 이스마엘과의 이별

생각할수록 외로움을 더하고
밤의 어두움은
먼동에 밀려가는데

깊이 잠든 사라의 모습은
눈물로 가슴을 적시게 한다

진리는
다수로 결정할 수 없기에

모든 사람들이 검은 옷을 입을
때 홀로 흰옷을 선택했던 삶

그분의 뜻이기에
눈물로 밤을 새우고 날이 샌다

모리아 땅 지시하신 산에서
제단에 이삭을 올려놓았을 때

믿음의 조상이 되는 시험에
합격했었다

(창22:9~12)

시인 배정숙

■ 프로필
대한문학세계 시 부문 등단
대한문인협회 경기지회 정회원
(사)창작문학예술인협의회 회원
제12기 대한창작문예대학 졸업
문예창작지도자 자격 취득

저 달은 알고 있다 / 배정숙

햇살의 수만큼 세속의 사연
속삭이며 반짝인다

빗방울 수만큼
아픔이며 기쁨이었다

헤아릴 수 없는 수많은 사연
희로애락은 사랑이었다

아쉬운 일몰에 서성이는 꿈
칠전팔기로 다시 도전한다.

황홀한 고백 / 배정숙

당신을 생각하면
입가에 미소 번지고
하루가 열리듯 마음의 문도 열린다

당신을 만나러 가는 길
잠자는 장롱의 옷을 깨워
동행하면 최고의 선물은 언제나 당신

가파른 악산을 오르고 내려도
언제나 내 손을 꼭 잡아준 사람
나을 아껴주고 사랑 주는
바로 당신뿐입니다

처음 본 순간부터 변함없는 사랑
사시사철 계절이 바뀌도록 전하지 못한 말
더 늦기 전 오늘은 고백합니다
당신을 사랑합니다.

꿈의 궁전 / 배정숙

그대 알고부터
호수에 퐁당 빠진 나
아! 사랑을 알았나 봐

자꾸만 기다려지는 그날
사업하는 재미에 푹 빠진 나
아! 세상을 알았나 봐

꽃은 져도 다시 피지만
임은 떠나면 오지 않아
동행의 숲 단 한 번 연습 없는 인생길
우리 함께 춤을 추어요.

흔적 / 배정숙

햇살 눈부시게 쏟아지는 산책길에
새들의 하모니 아름다운데
사람들이 먹다 버린 양심 조각이
찬밥처럼 버려져 있다

버려진 음료와 술병이 뒹굴며 울고
먹다 버린 음식 찌꺼기와
꼬깃꼬깃한 과자 봉지가
내 마음을 아프게 한다

산책길에서 만나는 사람들
귀엽고 어여쁜 강아지들
길가에 버려진 쓰레기와 오물 속에서
잃어버린 양심을 찾는다

오늘도 산책을 하며
양심 없는 사람들이 머물다 간
향기 잃은 자리에
또다시 희망의 꽃씨를 뿌린다.

어머니 / 배정숙

추적추적 는개 비가 내리면
창문 밖을 내다보시던 당신

"애야 큰일이다
비가 개어야 장사가 잘될 텐데"

조기 갈치 도루묵을
안다미로 바라보시던 당신

땅거미 질 무렵이면
도루묵 한 마리 손에 들고
가마솥에 수제비를 끓여 주시던
당신의 미소는 행복이었다

쌀 뒤지 넉넉한데
당신이 떠난 빈자리
어두운 바람만 부딪친다

생선을 보면 어머니 혜윰
그곳에도 평안할지
풍요로운 시절에 허우룩하다.

시인 사방천

■ 프로필
대한문학세계 시 부문 등단
대한문인협회 경기지회 정회원
(사)창작문학예술인협의회 회원
양평문화원 정회원

〈수상〉
대한문인협회 한국문화 예술인 금상 외 다수

〈저서〉
제1시집 "세월 잘못 만나"(2013년)
제2시집 "풍류"(2016년)
제3시집 "인내와 노력하면 꿈은 이루어진다"(2019년)
제4시집 "발전하는 사회"(2023년)

모두 재림해야 한다 / 사방천

우리가 지금 어디로 가는가?
무엇을 생각하며 살고 있는가?
허공에 뜬구름을 잡으려고 하는가?

생애 모든 것을 환상적으로
보지 말고 질서와 법을 어기지 말아
이대로 향하면 그 결과는 불 보듯 뻔하다.

모든 것을 보면 훗날이 걱정스럽다
그러니 거듭나야 하는 것이 아닌가?

우리 모두 법과 질서를 무시 말고
자연의 순리를 어기지 말고
음과 양을 바로 알고 향해 갑시다.

날이 흐리면 비나 바람이 불듯이
내일은 생각 안 하고 과잉하면
훗날의 재앙을 면치 못하리다!

비 오는 날 / 사방천

비가 많이 내리니
나가지 못하고 앉아
마음이 답답하여
하늘을 바라보니
검은 하늘이 물세례만 내린다

지필묵 꺼내 놓고
일필휘지하여
지나가는 비바람이
요동을 치니 일필휘지한
지필묵도 따라서 얼룩지며
만고풍상에 건들거린다

청개구리 우는 소리에
거친 비바람도 숨을 죽이니
아마도 천지조화가 아닌가!

모든 것이 파상으로
요동을 치니 어찌 세상이
평탄할 수 있으랴

곰배령 / 사방천

백두대간 줄기에 우뚝 솟아
펼쳐진 전봉선 능선 따라
이어진 두메산골 비경의
자태가 참으로 아름답다.

곰배령 깊은 산골 자연을
벗 삼아 살아가는 서민에
인간미가 흐르며 애환이
담긴 순수한 곰배령이
진정(眞情)한 삶의 고장이다.

산수가 흐르듯 감자 옥수수
나누어가며 이웃을 가족처럼 깊은
정(精)이 오고 가며 인간미가
묻어나듯 국민이 곰배령 서민처럼
메마른 사회 사심을 버리고 대화로
정 나누며 정의로운 사회 만드세

청산 계곡 / 사방천

청산에 깊은 골짜기마다
흐르는 녹수가 모이고 모여
강물 이루어 청산을 안고 도니

청산이 좋아하니
강물과 청산이 어우러져
잠시도 헤어질 줄 모르네

녹수가 청산을 안고 도니
청산도 즐거워 춤을 추고
나뭇잎 사이로 은빛 물결
반짝이며 메아리 소리 들리네

청산에 지나가던 바람도
머물러 쉬어가는 여기가
지상낙원 태평성대로다

지나가는 나그네
종달새 지저귀는 청산에 들러
녹수 한잔 음미하고 시 한 수
읊어가며 쉬어간들 어떠하랴?

인생무상 공수레공수거 / 사방천

하나님의 부름 받아
세상 올 적에 용기와 희망을 품고 오니
무릉도원 바람은 나를 안고 도는데
방랑길 들어서니 발길을 재촉하는
동정심 없는 무정한 세월이 야속하구나
그래서 인생무상이라 하는가 보다.

하나님이 호출할 적에 만고강산
구경 다 하고 쉬엄쉬엄 오라 하는데
세월은 밤낮으로 쉬지 않고 끌고 가는
냉정한 세상 그리 빨리 가지 말고
유구한 산천 구경하며 천천히 가자

만고강산 유람하며 쉬어가도 되련만
급하게 가려 하니 우리 인생 왔다 가면
그만인데 경치 좋고 아름다운 물소리
새소리 들어가며 가도 되련만 그래서
인생무상 공수레공수거라 하였나 보다.

시인 서현숙

■ 프로필
아호 : 서아(書娥)
경북 영주 출생
경기 수원 영통구 광교신도시 거주
동국대학교 아동학(문학사) 학위
대한문인협회 경기지회 정회원
대한문학세계 詩 부문 등단
(사)창작문학예술인협의회 회원
대한문인협회 운영위원장 역임
시몽시인협회 부회장

〈저서〉
제1시집 "들향기 피면"(2013)
제2시집 "오월은 간다"(2021)
제3시집 "가시랑 비"(2024)

〈공저〉
"名人名詩 특선시인선"외 다수

흐르는 세월 / 서현숙

시리도록 파란 하늘
가을볕에 타오르는 단풍
깊어지면 낙엽 되고

나무마다
꽃잎 떨어져야 열매 맺으며
강은 흘러 바다로 가고

쪽빛 하늘에
두둥실 떠가는 흰 구름
어디로 가는지 알 수 없지만

만남과 이별
스쳐 지나가는 것
모두가 흐르는 세월이로구나.

우중의 추억 / 서현숙

바위에서 흐르는
오묘한 자연의 맑은 물소리
손때, 묻지 않고 청정 그대로의 산

비 오는 날 우산을 받쳐 주고
어깨 감싸 안으며

사랑 나누던 애틋한 그 길
임은 가고 없어도

외로움이 추억에 젖는
비가 내리는 날

가끔 그리움으로 걷고
마음에 그리는 추억이어라.

그대 그리움 / 서현숙

가고 오는 시간은
그대 생각에

눈 감으면 떠오른
다정한 미소

해 질 녘 넘어가는
노을빛인가

보고 싶은 마음의
그대 그리움
측량할 수 없어라.

사랑의 아픔 / 서현숙

그토록 사랑한 임을 보내고
세월은 물 흐르듯

햇살이 내려앉은 창가
그리움 물밀듯이
아픔으로 쏟아져 내리니

애타는 사랑
바람에 실어 보내도
이별은 깊은 상처로 남아

너무나 그리워도
아무리 기다려도
오지 않을 줄 알면서

먼 하늘 바라보며
차마 흘릴 수 없는 눈물은
천 갈래, 만 갈래로 찢는 아픔이라오.

대접하는 사람 / 서현숙

우리는 나그네와 같은
삶을 살아가면서
많은 것을 가지려고 한다

내가 가진 것
남에게 나누어 주고
대접하는 일은 인색하다

대접이라는 것
억지로 되는 것이 아니라
내면의 정이 있어야 가능하다

사랑이 있어야
힘들어도 배려하고
베풀 줄 아는 그릇이 되고

비운 만큼
채워지는 복이기에
아름다운 손길은 하늘의 축복이다.

시인 신주연

■ 프로필
대한문학세계 시 부문 등단
(사)창작문학예술인협의회 회원
대한문인협회 경기지회 정회원
향토문학상 수상
한국방송통신대학교 컴퓨터과학과 졸업

여름이 좋다 / 신주연

여름은 젊음의 계절이요
익음의 계절이요
사랑의 계절이다

뜨거운 뙤약볕에 오곡백과가 무르익어 가고
햇살 뜨거운 폭염 아래서
너와 나의 사랑도 익어간다.

저 푸른 언덕 너머에는 / 신주연

끝없이 펼쳐진 저 푸른 언덕 너머에는
어느 누가 살고 있을까?

어떤 사람들이 살고 있을까?

내가 상상하는 어여쁘고 착한
아름다운 소녀가 산다면,
나는 만나보고 싶다

갸름한 얼굴에 앵두같이 빨간 입술
초승달 같은 흑갈색의 눈썹

미소를 지을 때 살짝
하얀 이를 드러내며
빵끗빵끗 웃는
긴 머리 소녀가 산다면,

나는 그 소녀를 만나러
저 멀리 언덕 넘어

산허리를 돌아서
꽃같이 어여쁜
그 소녀를
만나러 가보고 싶다.

우리 집 마당 / 신주연

빨간 앵두와 연분홍 복숭아가 달리고
청포도와 흙 포도가 탐스럽게 익어가는
우리 집 마당에는

보랏빛 라일락꽃도
꽃순이 돋아나서

정원을 한층 더 아름답고
황홀한 꽃밭으로 만들어 준다

비가 오면 더욱더 무성하게 자라고
햇빛 나면 뜨겁게 작열하는
불꽃 타는 정열의 여름날에

우리 집 마당에 과일은 지금도 뜨거운
태양빛에 빨갛게 혹은
흑갈색으로 익어가고 있다.

청춘과 야망 / 신주연

붉은 태양이 동쪽에서 용암처럼 이글거리며
푸른 하늘 위를 올라오고 있다

청춘과 야망의 날개를 휘감고 서서히
행진의 반열에 불타오른다

청춘아! 불타는 청춘아!
어서 오거라

저 푸른 창공을 마음껏 날라서
내 마음의 향수를 찾아 다오

야망아!
원대한 꿈의 불꽃 같은 야망아!

영원히 사라지지 말고 용기 있게
다시 일어서서 힘차게 걸어가자

저 드높은 희망찬 미래가
환하게 열리는 광명의 새 천지로

야망은 내 꿈을 향하여
청춘은 미래의 세계를 위하여
다시 일어서서 달려가고 있다.

인생의 동반자 / 신주연

인생에서 가장 최상위의
기쁨과 행복이
무엇일까?

사랑일까? 믿음일까? 소망일까?

그중에서 제일 큰 것은 사랑이라고
예수님은 말씀하셨지

어려운 사람에게 희망을 주고
따뜻한 마음으로 먼저 손을 내밀어
주위를 환하게 비추어 주는
등대 불같은 守護者(수호자)가 되어야겠다

서로 사랑하고 존경하는 모든 인류애를
가지고 내 이웃을 사랑하는 아름다운 멋진
삶의 철학과 숨은 진리를 탐구하려고 노력하는
사람이 되어야겠다.

시인 신창홍

■ 프로필
시인, 수필가
대한문학세계 시 부문 등단
한국시사문단 수필 부문 등단
대한문인협회 경기지회 정회원
(사)창작문학예술인협의회 회원
한국문인협회 회원

〈저서〉
시집 "깨어있는 날들"

2월 / 신창홍

시리고 메마른 감각에
미지근한 부뚜막 온기가 스며들고
재촉하지 않아도 서툴게 다가오는
눈부신 아가의 첫걸음마처럼

조금씩 멀어지는 어둠의 자리에
빠르게 채워지는 여명의 발걸음 따라
잔설에 얼어붙은 대지의 가냘픈 체온으로
뿌리를 보듬어 싹을 틔우는 시간

가시지 않은 냉기가
영역을 표시하며 새벽길을 배회해도
바람의 냄새로 포식자를 피해
먼 길 돌아오는 봄의 발걸음

살아온 날들은 늘 그랬던 것처럼
쉬운 날은 기약이 없어도
가슴에 간직한 간절한 기다림은
어느새 가지를 적시고 있다

새벽안개 / 신창홍

새벽안개가 눈처럼 내려
3월의 바다는 온통 눈먼 설원이다
안개는 바다를 덮고 하늘을 덮고
혈관 속에 스며들어 감각을 마비시킨다

보이지 않는 바다 위에
뱃고동 소리보다 낮게 깔리는 안개
허공 속 침묵의 갈기를 휘날리며
물밀듯 밀려오는 그림자 없는 날갯짓

설깃설깃 보이는 먼 곳의 아침은
바람의 방향으로 똬리를 튼 채
혀의 감각으로 시간을 감지하고
허물을 벗기 위해 몸부림치고 있다

안갯속에선 모두 안개가 된다
심연의 속살을 으깨어 간을 맞춘
비릿한 해풍을 들이킬 때마다
태초의 하루가 깨어나고 있다

꽁치 통조림 / 신창홍

늦은 시간 귀가하는 아버지한테는
늘 비릿한 바다 냄새가 났다
바람 한 점 없는 7월의 열기가
낡은 슬레이트 지붕 위에 내려앉은 저녁
국방색 작업복에 물든 소금꽃 얼룩마다
고향의 향수가 주렁주렁 맺혀 있었다

제대로 살아보겠다고 등진 바다였다
두고 보라고 큰소리친 고향이었다
늦저녁 하나둘 꺼져가는 불빛 속에
어스름 도시를 망망대해로 떠돌다
허기진 향수가 달처럼 차오르면
가슴만 애태웠던 아버지의 바다

파도 소리 들으며 잠들고 싶은 날은
소주와 꽁치 통조림을 산다
통조림 속에는 비릿한 해풍이 일고
지글지글 퍼지는 파도의 속살거림
수평선을 수놓던 노을 풍경 떠오르면
오늘도 아버지의 그리움을 마신다

억새들의 합창 / 신창홍

그대의 가늘고 여린 손을 흔들어
내 작은 어깨에 날개를 달 수 있다면
오고 가는 바람의 마음을 헤아리는 일은
더는 부질없는 일이다

고행이 시작되는 늦가을 산자락
하루해가 노을빛에 사위어갈 때
냉기로 갈아탄 바람결 따라
쉼 없이 흔들리는 고매한 은빛 물결

기쁨도 아닌
슬픔도 아닌
담백하고 은은하게 펼쳐지는 춤사위

늦가을 서늘한 입김이
가슴에 통증으로 파고드는 시간
하늘을 향한 날개 없는 날갯짓에
영혼이 비색으로 물들어 갈 때

거칠고 험한 계절 순례자 되어
그대, 또다시 봄을 기다리는가

지지 않는 꽃 / 신창홍

겨울 산자락 솔길 옆에
누군가 꽂아 놓은 튤립 한 송이

겨울에 숨 쉬는 법을 터득하지 못해
빨간 동상에 걸린 붉은 마녀의 입술로
마주치는 눈길마다
거짓의 생기를 불어넣고 있다

심장 소리를 들을 수 없어
아름다운 꽃말은 없을지라도
그래도 너는
겨울이 다 가도록 지지 않는 꽃

자궁을 거치지 못해
영혼을 간직할 수 없었던 목마름 탓에
기다림의 목록에 봄은 없어도
꿈조차 없다고 말하지 말라

Behrman*의 혼을 담아
Johnsy*의 숨결을 붙잡은 것도
손끝에서 탄생한 생명인 것을

*. "오헨리"의 단편소설 "마지막 잎새"에 나오는 폐렴에 걸린 무명 여류 화가 '존시'와 그녀를
위해 비바람 몰아치는 저녁에 담벼락에 담쟁이 이파리를 그린 노화가

133

시인 심성옥

■ 프로필
경기 안산 거주
대한문학세계 시 부문 등단 (2019.5)
(사)창작문학예술인협의회 회원
대한문인협회 경기지회 정회원
제11기 대한창작문예대학 졸업
문예창작지도자 자격 취득

고마운 친구 / 심성옥

언제 어디서나 영리한 빛의 친구
우리는 항시 함께 하였다
눈이 아주 밝은 그는
내가 원하는 곳에 함께 한다

모든 사물 옮기는 건 일도 아니다
내가 못 하는 것을
힘도 안 들이면서 너무나 멋지게
그대로 척척 옮겨 놓는다

말 없는 눈빛으로 윙크 한 번에
영원한 미소를 담아 주고
꽃, 별, 나무, 빌딩, 숲 풍경을
변하지 않게 남겨주는 고마운 친구

내가 못 하는 일을 다해 주지만
미안하지 않은 것은
네 안에 담긴 내 모습 속에
내 마음도 가져갔기 때문이다.

추억의 바다 / 심성옥

일렁이는 하얀 물결이
수평선을 넘실거리며
춤추는 모습에 마음이 녹아듭니다

반가움에 너울 짓는
물보라 떠오른 아름다운 얼굴이
파도에 부서져 아련합니다

뜨거운 햇살을 온몸으로
받은 은빛 모래알이
파도에 쓸리어 시원합니다

파도야 힘차게 치거라
철썩이는 소리에 위로받으며
물결처럼 덩달아 달려 봅니다

바다의 추억과 사랑이
파도 소리에 리듬을 타며
고운 기억 속으로 젖어 듭니다.

다람쥐 / 심성옥

울창한 산림 우거진 숲
다람쥐 한 마리가 재롱을 떤다

더위에 지친 나무는 잎으로 부채질하는데
다람쥐는 더위도 아랑곳없이
가파른 나무를 오르내리며
부지런히 곡예를 한다

바람에 떨어진 덜 여문 열매도
욕심이 나나보다
수풀 속을 재빨리 헤집고 간다

도토리 몇 알이면 족할걸
왜 저리 분주한지 알 수가 없다.
귀여운 다람쥐 한 마리가 내 더위를
식혀준다.

봄의 소리 / 심성옥

눈 덮인 돌 사이로
녹아내리는 샘물이 산줄기
타고 졸졸 새어 봄 향기가
곧 풍길 듯한 물새가 정겹다

곳곳의 일어나는 소리 없이 트는
봄이 있다면 색채감 느끼는 소리로
탄생이 수고하는 마음 기뻐
행복해지는 내 맘 가운데 봄이 오고 있다

땅속에서 뻗은 다리 씻어 주는
물소리 그 물 따라 줄기마다
꽃인지 잎인지 봄 터지기 전
배불러 있는 네가 예쁘기만 하구나

귓가에 들리는 먼 산에 살구나무
눈짓하는 아지랑이 피어오르고
정겨운 산세 찾아 들면
아름다운 강산에 봄은 완전할 것이다
세상엔 물이 없으면 봄도 없다.

머위 / 심성옥

들녘 양지바른 곳에서
우리 보며 방긋 웃는 머위를
엄마는 한 바구니 뜯어와

된장으로 조물조물 무쳐
반찬으로 만들어 주셨다

나는 우리 삶처럼 느껴지는
머위의 쓴맛을 알기에
젓가락이 망설여졌지만
엄마가 해 주신 반찬이라
입안에 한 잎을 넣었다

그러나 쓴맛이 아닌
엄마의 사랑이 가득 담긴
사탕처럼 달콤한 맛이었다

다시 먹어 보고 싶다
엄마가 마지막으로 해주셨던
사랑이 담긴 머위 요리를...

시인 염경희

■ 프로필
시인, 수필가, 동화 작가

경기 파주 출생, 이천 거주
대한문학세계 시, 수필, 동시 부문 등단
(사)창작문학예술인협의회 회원
대한문인협회 경기지회 정회원
(사)한국문인협회 정회원
현) 대한문인협회 홍보국장
현) 대한문인협회 경기지회 사무국장

〈저서〉
시집 "별을 따다"
수필집 "청춘아! 쉬어가렴"

별을 따다 / 염경희

한길 외길 인생
돌고 돌아 강산을 세 바퀴 돌았다
밤하늘 별들 바라보며
쓸어내린 가슴은 얼마던가

우물을 파도 한 우물을 파라는 말
그래야 샘이 솟는다는 속담처럼
천직이라 여기고 솥뚜껑에
정성으로 기름칠을 했더니 별이 쏟아진다

인내하며 지낸 날들이 별이 되었다
외길 인생 종착역에서 울리는 기적소리는
묵은 체증을 뚫어주는 팡파르

묵묵히 타고 온 열차에서 내릴 즈음엔
늘 그 자리에서 빛나는 북두칠성처럼
작은 별들을 지켜주는 큰 별이 되고 싶다
이제 황혼 역 환승 시간이 가까워진다.

바람길 / 염경희

얼음꽃에 내려앉은 봄 햇살이
바람길을 열어주면
번민하던 청춘이 희망을 부른다

콘크리트 틈에서 피어난 꽃처럼
언 땅을 비집고 고개를 든
파릇파릇한 새싹처럼 생기가 가득하다

깔딱고개를 수없이 오르내리며
천신만고 끝에
꿈나무를 키워 낼 주역이 된 청년이다

바람길에 앉아 봄 햇살 한 모금 마시며
배시시 웃는 얼굴엔
거대한 광명이 드리워졌다.

* 2024년 신춘문학상 은상 수상

밭어버이 그리운 날 / 염경희

얄망스러운 여름날 아침이다
밤새도록 우레를 앞세워
달구비가 내리더니 사들사들 해진다

서머한 마음이 들었을까
햇살이 잠깐 얼굴을 내밀었다
사리사리한 안개 틈새 비집고
밭어버이 환하게 웃고 계신다

한때
밭어버이 한창일 때는
비 오는 날이면 무릎 베고
흥얼거리는 소리에 스르르 잠이 들었다

먼발치로 보이는
구부정한 어르신을 보니
된길 걸어온 서러움이 복받쳐
밭어버이가 아주 그리운 날이다.

* 2023년 우리말 글짓기 금상 수상

여행길에 만난 소나기 / 염경희

세 번째 스무 살을 보내는 날
낮에 떠돌던 구름이
갑작스레 울고 있다

어스름이 깔린 가로등 밑에 앉아
남한강에 피어난 물안개 바라보며
사랑 한잔에 추억을 풀어 마신다

푸르름에 물든 나뭇잎 사이로 비추는
노을빛 햇살이 유난히도 곱고
소나기에 젖어 빛나는 나무와 꽃들처럼
그대와의 사랑은 물안개처럼 피어난다

이만큼 살아오면서 겪은 시련들을
충주호에 가라앉은 달빛에 풀어놓고
여행길을 동반한 소나기가 씻어 준 마음은
온통 행복으로 채워진다.

어머니의 속울음 / 염경희

헤어진 지 강산이 한 바퀴 돌도록
주일마다 목소리로 안부만 주고받던 모자 상봉

심 봉사가 심청이 만나 눈 떴을 때보다 더
가슴이 미어지는 노모의 속울음에
엄동설한 얼어붙은 임진강도 울고 있다

눈먼 자식은
백수를 바라보는 노모의 손을 더듬거리며
"엄마 왜 이렇게 말랐어, 뼈만 남았네"

참았던 속울음을 꺼이꺼이 토해내며
눈먼 아들을 끌어안고
"이 일을 어떡하느냐, 보고 싶은 사람 못 보니
답답해서 어떡하느냐?"

기가 차올라 노모의 다리가 풀려 주저앉아도
선 듯 일으켜 세우지 못하는 심정
자식 또한 속울음을 울 수밖에

심 봉사는 그리워하던 딸을 만나 눈을 떴건만
너를 만나러 어미가 왔는데
너는 왜 두 눈 번쩍 뜨지 못하냐며
토해내는 속울음에 바람도 숨죽였다

꼬깃꼬깃한 쌈짓돈 쥐여주며
"입에 맞는 것 사 먹어라
언제 또 오겠느냐, 이제 마지막이지"
모자의 절절한 만남은 요양원을 눈물바다로 만들었다.

145

시인 오홍태

■ 프로필
강원 춘천 출생
대한문학세계 시 부문 등단
(사)창작문학예술인협의회 회원
대한문인협회 경기지회 정회원

〈저서〉
시집 "오계절의 여백"

부치지 못하는 편지 / 오흥태

잘 지내나요
나는 멀쩡합니다
아니 멀쩡한가 봅니다

죽음 같은 인연의 골짜기
분화구엔 파아란 풀이 자라고
알 수 없는 꽃들이 피었습니다

땅 위에 지그시
두 발 디디고
바뀌는 계절을 보내고 또 맞이합니다

검은 눈물자리
긴 실개천 돌아
잔잔한 심연의 호수엔
세상의 아름다움이 비춰 보이곤 합니다

다만
늙지 않는 그리움
땅거미 내리는 저녁이면
홀연히
또 먹먹해져만 갑니다.

비 설거지 / 오흥태

그리움이 지면 무엇으로 살까
삶의 종종걸음이
놓아 주지 않는 하루

빗방울 후둑이는 소리
다급해진 마음은
젖으면 안 되는 내 편을
서둘러 감추어 들인다
고이 간직한 옛날처럼

빗소리에 우두커니
안도하는 잠깐의 여유는
내 하루가 하얗게 변색되는
마음의 설거지

옛날을 끌어와
미소 짓는 묘한 표정은
고이 간직한 그리움의 시간

현란한 빗소리의 파노라마에
그리운 이들 말갛게 씻기고
사위어 가는 구름 사이로
젖지 않은 마음도
촉촉이 잠기어 간다.

심산(深山)에도 봄이 또 가네 / 오흥태

심산(深山) 석굴 암자
불빛은 밤새 꺼지지 않고
산철쭉은 지난밤 비에
이별을 서두른다

암자 앞 노천수(路淺水)에
몸을 푼 산개구리는
밤새 이어진 불경 소리에
성불(成佛)을 꿈꿨을까

갓 내린 정한수인가
내일이면 흔적 없이 사라질 텐데
넉넉한 계곡 외면하고
마음 둔 어미의 사랑은
미물의 무모함인가
헤아리지 못하는 인간의 아둔함인가

찰나(刹那)를 사는 삶도
산안개 오르는 봄의 끝자락에
암자 앞 바위는 한 번 더 야위고
바람은 서천(西天)으로 와
동그마니 남은 사연
흔적마저 지우고 간다.

* 몸을 풀다 : 여자가 아이를 낳다(관용구)

149

아버지의 벼꽃 / 오홍태

한여름의 뜨거운 태양은 알고 있다

밤이면 별이 내리고
풀벌레들 요란히 다녀가 논머리에
터벅터벅 결코 멈춘 적 없는
주인의 발자국 소리를

아무 꾸밈없는
무명 적삼의 선머슴 인양
꽃잎도 없이 잠깐 피는
피어도 보이지 않는 꽃
그 꽃을 사랑하고
환한 얼굴에 다시 한번 피는
아버지의 벼꽃

보는 이 없이도
가슴엔 언제나 가족을 품고
높새바람 불던 해 빈 쭉정이에도
다시 짊어진 빈 지게로
기어이 꽃을 피워 낸
당신을 닮은
당신에게만 보이는
사랑의 벼꽃.

* 높새바람 : 태백산맥을 넘어 영서지방으로 부는 고온 건조한 북동풍으로 농작물에 피해를 줌.

원미산 진달래 / 오흥태

봄볕 내린 언덕엔
꽃보다 환한 얼굴들
이제야 왔느냐고
원미산 진달래가
반겨 맞는다

연분홍빛 달아올라
제 모습 고운 줄도 모르고
지난 눈보라 속이 서러워
절절한 외로움을 안다고
얼마나 보고 싶었는지 아느냐고
흥건한 눈빛으로 건네다 본다

목이 메인 채로는
잊는다고 잊히는 게 아니라며
간직한 그리움일랑
꽃그늘에 풀어 놓으라고
훠얼 훨 놓아 보라고
눈시울이 그렁 한데

발그레 다 비워낸 듯
돌아서는 얼굴들
네가 있어 나를 웃게 한다고
웃는 꽃이 더 아름답다고
미소 띤 진달래의 시선
멀어지도록 따뜻하다.

시인 이만우

■ 프로필
미국 테네시주 거주
대한문학세계 시 부문 등단
(사)창작문학예술인협의회 회원
대한문인협회 경기지회 정회원

〈저서〉
시집 "그리움이 널 기다리고 있다"

〈공저〉
동인지 "시를 꿈꾸다" 1, 2, 3, 4집
동인지 "달빛 드는 창" 외 다수

어둠 / 이만우

가로등도 보이지 않고
하늘에는 작은 별들과 풀벌레들만이
나를 반겨 주고 있다.

무작정 잠시 기다리면
어둠은 서서히 사라지고
사물들의 윤곽이 보이기 시작한다.

어둠이 주는 마음속의 무서움도
이제 안정을 찾으면서
생각을 정리하게 해준다.

어느 것이든 잠시의 기다림은
어둠도 이겨내는 지혜를
우리에게 선사해 준다.

타국살이 / 이만우

모든 것이 낯설고 타국에서
외로이 홀로 작은 돌처럼
덩그러니 놓여 있다.

생활과 문화 언어가 모두
어색하고 두렵게 느껴지는
마음은 어쩔 수 없나 보다.

어느 정도 시간이 지나서
다양한 곳을 다니면서 어색하였던
시기를 체험하면서 지냈다.

타국에서의 생활이라도
적극적인 의지를 두고 대처하면
얼마든지 이겨낼 수 있다.

귀뚜라미 / 이만우

가을을 알려주는
귀뚜라미 소리가
여기저기서 정겹게 들려온다.

귀뚜라미 소리를 들으면
고향의 그리움이
더욱더 깊어진다.

그리움은 언제 어디서나
마음속에 간직하면서
하루하루를 보내고 있다.

언젠가는 귀뚜라미 소리가
정겹게 들리는 날들을 기다리면서
오늘도 즐기면서 지낸다.

그때는 그랬지 / 이만우

그때는
아무것도 모르고
나만 잘난 줄 알았다.

그 이후는
조금은 알고 있었지만
머리를 숙일 줄 몰랐다.

그리고
많은 것을 잃어버리고
세상을 다시 보기 시작했다.

이제는
조용히 한발 걸음 뒤에서
지켜보며 천천히 가고 있다.

평원 / 이만우

고속도로를 따라가다 보면
가도 가도 지평선만 보이는
넓은 평원이 펼쳐진다.

가끔 야산과 같은 언덕이
보이는데 우뚝 솟아있는 갈참나무가
외로워 보일 뿐이다.

가슴이 확 트이고
마음이 무척 넓어지는
느낌이 강하게 와서 닿는다.

모두 잊고 그냥
평원으로 달려가서
마음껏 외치고 싶다.

시인 **이문희**

■ 프로필
아호 : 보하
대한문학세계 시 부문 등단
(사)창작문학예술인협의회 회원
대한문인협회 경기지회 정회원
(사)한국문인협회 정회원
국제문학바탕문인협회 회원
한국문화 예술인 대상(23.12.23)

〈저서〉
시집 "아내의 빈 의자"(2쇄 발행)
〈공저〉
동인지 "달빛 드는 창"외 다수

민들레 홀씨 / 이문희

한여름
보도블록 사이 비집고
피어난 민들레 홀씨

오가는 사람들 발밑
뜨거운 햇볕에 목말라
시들시들 금방
숨넘어갈 것 같은 운명

모진 설움 이 앙물고
소리 내 울지 못하면서
이곳만이 지상 천국인 양
꽃 피워낸 노란 민들레

네 설움
나를 본 듯
너를 끌어안고
밤새 귀촉도는 운다.

풀잎 / 이문희

바람이 분다
점점
소나기는 폭우가 되어
태풍이 몰려오는 중

지붕이 날아가고
산사태가 나고
해일이 육지를 핥고 지나간다.

아직 단풍도 들지 않은
싱싱한 나뭇잎
가지 채 부러지고
아름드리 몸통들이
뿌리째 뽑혀 무너진다.

끈질긴 철망처럼
얽히고설키어
논두렁 밭두렁
태산을 지키고
뚝방 바다를 지키는
끈질긴 인내 강인한 투지

바람의 방향 따라
이리저리 흔들릴지언정
비바람에 맞서지 않고
말이 없는 그대 최강자
의연한 민초 풀잎들
그 영광 최후 승리자여!

인연의 끈 / 이문희

한여름 모진 가뭄으로
쩍쩍 찢어진 논바닥에 왕금
모두가 이어진 인연인데

나는 어찌하여 이런
흔하디흔한 인연과도
거리가 먼 걸까

오늘도 막내딸 손잡고
절쿠덩 절쿠덩 저는 다리
지팡이에 의지해 함덕산 추모 공원 봉안실 찾는다

남들은 신발가게에서
새 신발 고르듯이
잘 도나 고르는 인연인데

지치고 힘든 나에겐
반 십 년을 함덕산 고개만
바라보며 살고 있는 건지

동백기름 바르고
곱게 빗어 넘긴 새악씨
가르마 같던 여름도 가고

윤기 잃은 가을 나뭇잎
울고 선 추모 공원 숲길에
눈물만 한 바가지 뿌려주고
힘든 발길 돌아서 간다네.

고목나무 꽃 / 이문희

겨울 가고 눈 녹으면
산천초목이 모두 다
기지개를 켜고

사라져간 동장군의
뒤를 보며 활짝 웃는다.

남쪽 봄 언덕 위엔
아지랑이 춤추고
노고지리 하늘이 높다

물오른 가지마다
꽃망울 머금고
탐스런 꽃을 피우는데
뿌리 얕은 젊은 그루는
짧은 가뭄에도 메마르고

뿌리 깊은
고목에 핀 꽃은
늙은 꽃이 아니고
꽃 중의 꽃 더욱
아름다운 꽃이더라.

매미 / 이문희

입추가 지나도
계속된 폭염은
그 당당한 기세가
꺾일 줄 모르는데

조석으로 울부짖는
임 그리는 울음소리
애간장을 다 녹이네

타고난 박덕한 운명인가
땅속에서만 7년 긴 세월
기다렸는데 겨우 세상에
나와 10여 일이라니

아무리 천하를 다스리는
익선관에 선비들 붓끝에
춤추는 오덕이라 해도

시원한 그늘에 앉아
쌓이고 쌓인 청승맞은
울분은
임 그린 가슴만 후비고
마른 잎에 한 맺힌
눈물만 뚝뚝뚝^^^

시인 이영하

■ 프로필
대한문학세계 시 부문 등단
대한문인협회 경기지회 정회원
(사)창작문학예술인협의회 회원

고추 / 이영하

무뚝뚝한
우리 할머니 웃으신다.
반짝반짝 빛나는 고추를 보며
손주 놈 고추 달고 나올 때마다
더 귀에 걸리신다

명절에 올 손주며느리가
용돈 줄 생각에 잘 익은 고추 보며
실눈 되어 찢어지신다.

할머니에겐 손주며느리가
김장엔 고춧가루가
맛깔나는 양념들인데

요놈의 세상살이 맛이
톡! 쏘는 고추보다 더 매워
할머니 용돈 봉투가
잘 익어간 태양초가 될지.

김장 / 이영하

김치 담글 때
맛있는 고기 보쌈은
꼼꼼한 양념
여기 더 저기 더
맛깔나는 시어머니 잔소리

며느님 고운 손으로
곱게 누워 쓰다듬는 김치는
잘 노는 아이들 머릿결인가?
하하하 호호호
힘들던 웃음소리가

잠깐 잊었던 커피 한 잔으로
달콤하게 웃자
톡 쏘는 시어머니 매운 목소리

내년엔 너희들이 담그라
내 커피 사 오마.

장미 / 이영하

붉은 너의 얼굴 바라보면
빨개진 나의 마음이
참 부끄럽다

잠시 너를
가슴 속에 숨기고 난 뒤
얼마나 떨렸는지를.

집착된 사랑에 가시 찔려도
밤이면 또

와인 잔 속에 숨은
붉은 너의 향기 그리워하며
금방 취해 들겠지!

억새 / 이영하

넌 억세게 재수 좋은 거야
이 가을에 피어서
많은 사람들이 널 억수로
좋아해서

이쁘다고 사랑해 줘
잠시 왔다 간 사랑 외로울 거야 넌
갈대처럼
이 가을 지나면
억세게

지게 / 이영하

한평생 짊어져야 사랑받는
두 어깨에 받친 인생

잠시만 쉬면
빈 지게 아니 될까

구석진 한 곳에 풀 죽은 듯
늘 노심초사 가족 짐 안고

하루만 놀아도
온몸이 근질근질 좀 쑤시는
아버지 몸 같다.

시인 이정원

■ 프로필
시인, 수필가
아호 : 청강
경기도 고양시 거주
대한문학세계 시, 수필 부문 등단
(사)창작문학예술인협의회 회원
대한문인협회 경기지회 정회원

〈저서〉
시집 "삶의 항로"

장미꽃 열정 / 이정원

용광로 같은 장미꽃 심장이
초여름 소낙비에 식어버렸나

붉게 물들었던 오월의 열정
곱게 피었던 한 떨기 꽃잎이
발끝에서 뒹굴고 있다

찬란했던 기억을 머금은
장미꽃 열정은 사그라지는 듯 하나
잠들어 있던 시인의 혼이
살포시 핀 시어 한 소절에
다시 깨어난다

폭염으로 무더운 낮 더위
소낙비와 열대야의 계절 유월
순금의 언어로
뜨거운 문학의 숨결 속에
시인과 작가의 길을 오롯이 걸으련다.

수선화 / 이정원

꽃샘추위 이겨내고
뜨락에 피어난 수선화

기지개 켜듯이
노란 꽃봉오리 터뜨리며
수선화가 봄을 알립니다

춘분 절기가 지나고
봄 봄 봄
우리에게 봄이 왔습니다

고운 옷 차려입고
개나리 진달래 벚꽃 산수유도
따스한 봄을 반깁니다

늘 언제나 그렇게
봄꽃의 향연 속에
삼월의 봄은 그대처럼 행복입니다.

라벤더꽃 / 이정원

소낙비가 내린 산등성이에
보랏빛 유혹의
라벤더꽃이 물들었다

향긋한 라벤더 꽃내음 속에
아련한 그리움이 스며들고
흠씬 젖은 라벤더꽃이
나에게 속삭인다

자욱한 안개 넘어
산에서 들리는
깊고 웅장한 메아리는
인생의 울림 되고

라벤더 보랏빛 옛 추억
라벤더꽃을 바라보며
오늘도 힘을 내어본다.

인생의 낙엽 / 이정원

찬란했던 가을 낙엽이
포댓자루에 한가득 찼다
우리네 인생의 낙엽이
말없이 포대에 담겨 웅크리고 있다

비록 하찮게 보일지라도
낙엽 밟으며 추억 쌓은 사람들
옅은 미소에 행복이 담겨 있다

행복과 연민 사이
인생의 낙엽은
고인이 남긴 한 줌의 흙이 되어
애잔한 마음 위로해 주고
저 멀리 떠나간다

모든 걸 내어주고 소천하신
아버지 삶을 기억하며
인생의 낙엽은
부활의 기적을 꿈꾼다.

간장게장 / 이정원

밥도둑이라 불리는 간장게장
점심 식사 한 끼로
공깃밥을 일순 비운다

맑고 담백한 미역국
각종 반찬에
눈이 호강한다

한 손에 간장게장을 집어 들고
코로 음미한 후
감칠맛 게장을 맛본다

게장 몸통에 밥을 비벼
알이 차 있는 간장게장을 먹어보니
입안에 향긋한 맛이 맴돈다

즐거운 점심 식사가 어느새 끝나고
입가에 미소가 넘친다
오늘 맛있는 좋은 추억을 마음에 담는다

간장게장 식사가
공깃밥에 담긴 시 한 편 되어
맛있는 밥도둑 된다.

시인 이현자

■ 프로필
경기도 이천 거주
대한문학세계 시 부문 등단
대한문인협회 경기지회 정회원
(사)창작문학예술인협의회 회원
제12기 대한창작문예대학 졸업
문예창작지도자 자격 취득

비와 당신 / 이현자

종일토록 내리는 비는
헤아릴 수 없는 그리움 되어
마지막 사력을 다해
처마 끝에 매달려 대롱거린다

어느 날 당신은
기억 저편에 서 있기도 하고
그리움을 장대비처럼 쏟아 내기도 하고

숨 막힐 정도로 보고프면 노래로 채우고
가슴 한편으로 내어준
당신을 향한 그리움은
오늘도 홍수처럼 강을 이룬다

시인의 뜨락에서 / 이현자

빛바래서
아련해지는 추억
시인의 뜨락을 거닌다

한 잎씩 미풍에 흔들리며 떨어지는
아기 단풍잎들 한 움큼씩 떨군 자리
바람에 흩날리기 전에 레드 카펫이다

동심의 초가지붕 타고 오르는 연녹색 넝쿨
개화 시기가 유월쯤인 하얀 박꽃은
꽃말이 기다림이듯
인생의 꽃은 조금 비워두는 여유로운 갈무리

언 땅에서도 소담스럽게
꽃을 피울 수 있는 다사로운 감성으로
소박하게 미소 지으며 살고 싶다

잡초처럼 / 이현자

지나는 차창 너머로 가을이 보인다
알곡으로 채워가는 들판에 시선이 머물고
마음의 결을 따라 흐르는
석양 노을과 갈대의 나부낌에 젖어 드는 감성

새 떼들은 무리 지어 창공을 향해 날갯짓한다
가을 들판에 살포시 내려앉아
진액을 흡입하려는 몸짓에도
침묵하는 허수아비

너울거리는 바람결 따라
잡초 풀꽃 색색들이 춤을 추듯
콩밭에 함께 어우러진 생명력의 경이로움

뽑혀도 뽑혀도 되살아나
잡초처럼 인내하며 어우러져 사는
가을이 참 좋다

정 / 이현자

기약 없는 그리움에
사무침으로 솟는 눈물

뜨락에 우수수 내리는
낙엽 같은 추억들을 곱씹으며

비바람에 씻기고 깎이듯
뜨거운 애모의 앓음은 돌비석 되어

체념한 듯 보듬어도
소망 담은 촛불의 꽃망울에 여울진

세월의 흔적이 돌이끼에 피어나듯
정은 쓸어내어도 바람으로 머물리

그윽한 풍경소리 / 이현자

푸르고 먼 하늘 바라보며
신의 옷자락에 매달려
기도로 불태운 시간

석류알처럼 터져 나오는
뉘우침에 가슴 적시고
분신의 애정은 아프고 고운 인연

잔잔한 바람결에 실려 오는 향내음
그윽한 풍경소리 목탁 소리 염불 소리
어느 한 생애에 두 손 모은 합장

세상 모든 일 뜬구름 같다 했던가?
애환 애락을 다스릴 수 있는
기도로 태우며 영글어 가리

시인 이환규

■ 프로필
시인, 수필가

대한문학세계 시, 수필 부문 등단
대한문인협회 경기지회 정회원
(사)창작문학예술인협의회 회원
현)대한문인협회 상벌위원장 (2020~)

제천에 가면 / 이환규

제천에 가면 곰 같은 친구가 있다
이웃으로 살다가 친구가 되었고
고향으로 돌아간 친구

그런 친구가 아내를 먼저 보내고
긴 세월 홀로 살다 재혼했다.
천생연분
어찌 그렇게 닮은 사람을 만났는지

말은 투박하고 거칠어도
아이처럼 금방 미안해 잘못했어! 한다.

몇 년 전 수해로 생사를 같이했고
산사태의 흙구덩이를 헤치고 나와
불편한 몸이지만 시골살이를 하고 있다

술을 좋아하는 친구는
친구가 가면 반가움에 술잔을 기울이고
술 한잔에 읊조리는 잘 먹고 잘 살자 건배를 한다

벽걸이 액자에는 가훈처럼
잘 먹고 잘 살자가 걸려 있다.

오월의 약속 / 이환규

개나리 벚꽃이 소리 없이 피었다
화려한 봄날의 소임을 다하고
자리를 내어준다

5월의 바람이 숲에서 불어오면
향기로운 속삭임에 마음이 어지럽다

치렁치렁한 아카시아꽃
바람에 그네를 타면
순백의 소녀가 웃음을 짓는다

꿀벌의 날갯짓에 그늘에 모여 앉아
아카시아 잎 하나씩 떼어내며
손가락 걸던 그때가 그리워진다.

나에게 오세요 / 이환규

나에게 오려면 노크를 해주세요
무작정 달려오면 안 돼요
살짝 귀띔도 해주세요
마음의 준비가 필요해요

사랑은 혼자 하는 것이 아니에요
자신을 사랑하듯 사랑해야 돼요
자신을 사랑하지 않는 사람은
진정한 사랑을 할 수 없어요

사랑에는 긴 호흡이 필요해요
달콤한 입맞춤에 눈을 감듯이
서로 교감이 있어야 하고
상대방을 배려해야 돼요

냄비 같은 사랑은 하지 말아요
그런 사랑은 매혹적이지 않고
호기심일 뿐 스치고 지나가는
바람입니다.

봄 길을 걸으며 / 이환규

곧 봄이 온다는 속삭임에
햇살을 등에 지고 길을 걷는다

하늘은 맑아 높아 보이고
바람은 숨소리 죽이며 숨는다

말없이 걷는 걸음에
사연이 담겨 있다

재활을 위해 걷고
산책을 위해 걷고
건강을 위해 걷는다

아프지 말자
아프면 나만 손해다
아프면 나만 서럽다

위로는 받을 수 있지만
나를 대신할 수는 없다
그러니 아프지 말자

밥 냄새 / 이환규

겨울을 보내는 따뜻한 봄비가 내리고
땅 밑의 온기가 안개처럼 대지를 살짝 덮는 날
어머니는 부엌에서 솥 밥을 지었다

솥뚜껑을 열면 뽀얀 밥 연기가
피어오르고
주걱으로 밥을 저으면 달콤한
쌀밥 냄새가 콧속으로 들어왔다

언제나 그랬듯
마당에서 뛰어놀던 아이는
밥 먹자는 부름에 이끌려
고봉밥 한 그릇을 비웠다

어머니의 밥 짓는 냄새가 그리워진다.

시인 **임숙희**

■ 프로필
시인, 낭송가

(사)창작문학예술인협의회 이사
대한문인협회 경기지회장 역임
대한시낭송가협회 회원
한국문화예술인 대상 수상('17년)
순우리말 글짓기 전국 공모전 금상 수상('22년)

〈저서〉
제1시집 "가끔은 그렇게 살고 싶다"
제2시집 "향기로운 마음"

눈꽃 / 임숙희

눈이 내린다
얼마 만에 내리는 함박눈인가
그동안 잊고 있었다
흰 눈이 몽글몽글 가슴 뛰게 한다는 것을
차창을 스치는 풍경은 동화 속 겨울 왕국 같다

버스는 눈꽃 가로수를 거침없이 달리고
내 마음은 깊고 깊은 곳에 잠들어 있던
옛이야기를 살며시 파고들고 있다

돌이켜보면 별일이 아닌 것을
바람에 흩날리다 흔적 없이 스며드는
눈송이 같다는 것을
흐드러지게 핀 눈꽃이 마음을 쓰다듬는다

초침은 종착역에 다다르고
함박눈은 소리 없이 눈꽃을 피우고
내 가슴은 새하얀 꿈을 그린다.

내 마음의 노래 / 임숙희

내 마음의 노래는
호수 위에 햇살과 같이
찬란하게 빛나고 싶다.

사랑받음에 감사하고
주는 사랑에 더 행복해하는
베푸는 사랑이고 싶다.

내 마음의 노래는
지는 꽃잎의 등을 토닥이는
따뜻한 사람이고 싶다.

보아주는 사람 없어도
은은한 향기로 미소 짓는
순수한 들꽃이고 싶다.

내 마음의 노래는
나를 만나는 사람들 마음에
밝은 웃음과 맑은 샘물이 샘솟는
마르지 않는 샘물이 되고 싶다.

적당한 하루 / 임숙희

누군가는 하루가 길다 하고
누군가는 하루가 짧다 한다

기대가 크면 작은 상처에도 아픔이 크고
마음을 비우면 작은 일에도 기쁨이 온다

숨 가쁘게 돌아가는 바쁜 하루 중에
여름날 엿가락처럼 늘어지는 하루 중에
산들바람 숨구멍 들락거리는
쉼이 있는 하루이길 소망한다.

참 어렵다 / 임숙희

참 어렵다
산다는 건
살아가야 한다는 건

참 어렵다
슬퍼도 참아야 하는 순간
슬퍼도 삼켜야 하는 눈물
슬퍼도 웃어야 하는 인생

해맑은 눈망울로
해맑은 마음으로
한세상 품고 산다는 건
참 어렵다 하여도

칼바람에 베인 상처
훈풍 불면 새살이 돋아나기에
살아볼 만한 인생이 아니겠는가

부부의 연 / 임숙희

남남이 만나 함께 살아가는 것은
믿음으로 서로를 바라보는 일이다

서로 다른 삶을 살아온 두 사람이
부부의 연을 맺고 살아간다는 것은
미지의 세계에 한 톨의 씨앗을 심는 일이다

살아가다 보면
몰아치는 비바람을 만날 때도 있고
뜨거운 뙤약볕을 만날 때도 있겠지만
두 마음 하나가 되어
바람막이가 되고 그늘이 되어
나란히 한곳을 바라보며 보금자리에
사랑의 양분으로 씨앗을 꽃피우고
하나씩 행복을 채워가는 것이다

마음과 마음이 맺어져
한 가정을 이루고 산다는 것은
사랑의 주춧돌 위에 믿음과 신뢰의 기둥을 세우고
서로를 존중하며 아낌없이 사랑하고 보듬어주며
든든한 행복의 울타리를 만들어 가는 것이다.

시인 전경자

■ 프로필
시인/수필가

대한문학세계 시, 수필 부문 등단
대한문인협회 경기지회 정회원
(사)창작문학예술인협의회 회원
서울시민문학상 삶의 시 수상

〈저서〉
제1시집 "꿈꾸는 DNA"
제2시집 "황혼에 키우는 꿈"

회오리바람 / 전경자

굽이굽이 산하를 허물어트리고 할퀴고 간
거친 삶을 증명하면서
열심히 살아낸 시간의 주름
금수강산 역사가 여덟 번째 삶을 향하고 있다

하얀 손톱에 물들이던
봉숭아꽃 피고 지는 산하는
봄 여름 가을 겨울이 수없이 지나가고
정 주지 않은 시간의 회오리바람에

도도한 모습들 사랑하기 바쁜
후손들의 일상이지만
전설이 된 조선의 호령하던 할아버지 할머니

아버지 어머니 형제자매의 뜨락에
오늘보다 빛나는 내일은
여덟 번째 빛을 향하여 달려가는 21세기

인생을
논하고 기록하고
기억하면서 당당하게 이겨낸 우리는 하나다

울창한 숲 / 전경자

울타리 안에 거친 삶에도
봄이 오나 봅니다
창밖에서 부르는 사랑이
까투리 그대였나 봅니다

영원할 줄 알았던 사랑의 비밀
고요하고 평화로운 설산의 배경이
파노라마처럼 뇌리를 스치고
기억을 지우고 간다

오래된 산과 숲의 골짜기 밖의 바람과
익숙한 때 묻지 않은 미담의 전설이
협곡을 지나 오가는 길목에
이정표가 반갑습니다.

들꽃 / 전경자

아직 늦지 않은 나이
새로이 바람 타고 날아온
하얀 깃털이 품은 승리의 달빛

강렬한 일상의 너털웃음 속에
노란색 소식이 되어 주고
내딛는 발길 끝에서
계절을 바꾸어 피어난다

수없이 걸어갔을 발자국
리듬에 빛나는 미래의 무중력 속에
사랑이 시련이 와도 꽃이 피고

세상 밖의 삶이 시처럼 인생을 그리라 한다.
아직 오지 않은 내일의 준비하는
까만 밤은 작은 시작일 뿐

현실이라는 작은 섬에 사랑이
소담스럽게 피었다.

여름밤 / 전경자

무더운 긴 여름밤 안개 속으로 밀려드는
애절한 사랑가에 비를 부르는
바람이 투정을 부리고

수련꽃 위에 깡총깡총 뛰어다니는 빗방울
조용히 내려앉는 빗방울 돌 틈 사이
어화둥둥 떠다니는 소금쟁이
추억 속에 파고든다

퐁당퐁당 이 길을 따라가면
진자리 마른자리
연꽃잎에 사랑비가 내린다.

보수적인 편견 / 전경자

장마철에 장대비 밤
숫자를 세는 이 밤도 덥다
역겨운 도시의 우울한 먼지 냄새
눈물이 날 것 같은
이 밤에 손을 모아 올리는 기도

수상한 메신저 찾지 않은 풍경에 묻힌 기억이
지쳐버린 눈빛에
감정이 어쩌고저쩌고 힘이 들었다.

다음 목적지를 검색하고 있는 폰으로 울리는
잃어버린 시간 어느 여행자 원대한 포부
보기도 전에 판단하는 바보스러운 편견 한 조각

소문만 무성한 보수적인
속삭임, 이
피워낸 붉은 노을에 흩어진다.

시인 전선희

■ 프로필
시인/수필가

대한문학세계 시, 수필 부문 등단
(사)창작문학예술인협의회 회원
대한시낭송가협회 정회원
대한문인협회 경기지회 지회장

〈저서〉
제1시집 "희망풍경"
제2시집 "삶의 아름다운 풍경"

희망풍경 / 전선희

인생이라는 장벽 속에
길을 밝혀주는 작은 별빛처럼
오늘도 어둠의 길고 긴 밤은
새벽을 기다립니다

세상이라는 무대에
밝아오는 여명처럼
어둠 속에서 빛을 발하듯
나에게는 그대 사랑만이 희망의 빛입니다

내일을 꿈꾸는 대지에
북적거리는 삶의 이야기 속에
인생의 꿈을 찾아준 씨앗처럼
나에게는 그대 사랑만이 한 가닥 희망입니다

천둥번개의 삶을 살아가는 모든 이여
꿈을 꾸며 맑은 영혼을 가진 모든 이여
가슴을 뛰게 하는 우리들의 삶에는
사랑만이 유일한 희망의 꽃입니다

날마다 새로움으로 채색되어 가는 삶의 여정
세상을 향해 다가설 수 있는 용기와
꿋꿋한 의지와 활기찬 함박웃음으로
오늘도 희망 풍경을 그립니다

삶의 아름다운 풍경 / 전선희

아침 햇살이 초록 바람을 타고
은은하고 소박한 들꽃 향을 전해주는
나의 하루가 향기롭다

가진 게 없어도
따스하고 포근한 햇살 같은 마음이
작은 여유와 소소한 행복으로 가슴에 안긴다

삶의 순간순간 감사한 마음은
행복의 밑거름이 되어
선물처럼 사랑과 평화가 찾아온다

기쁨도 고통도 즐겼던 인고의 삶은
세월이 흐를수록 더욱더 빛이 나고
진솔했던 삶의 풍경들은 정겹기만 하다

살다가 살아가다가
때가 되어 가을빛으로 물들지라도
내 생에 아름다운 날들이다

오늘을 사랑한다 / 전선희

아침햇살이
눈부시게 찬란한 하루
바람의 길을 따라 걷는다

마음이 이끄는 대로
사색의 길 어디쯤에서
조용히 나를 만난다

멋진 인생길
행복의 언덕 위에 서서
가장 의미 있는 오늘을 그려낸다

지금 이 순간 모든 날 모든 순간
가슴 벅찬 열정으로
영혼을 다하여 오늘을 사랑한다

다시 봄 / 전선희

살다 보니 한때는
시련과 절망을 거듭한 적도 있었고
삶의 무게로 지칠 때도 많았고
힘든 미소로 보내야 할 때도 있었다

살아가며 그때마다
삶에 있어 모든 상황은 찰나일 뿐
아무것도 아니다 다 지나간다
나 자신을 다독여야 할 때도 있었다

빛이 오면 어둠이 물러가듯이
겨울이 지나면 봄이 오듯이
내 삶의 순간들을 사랑하다 보니
나의 시간이 빛나는 날도 있었다

태양이 떠오르는 찬란한 날
햇살이 놀다간 세상은 다시 봄
힘찬 발돋움으로
희망과 용기를 한 아름 담는다

인생 여행길에서 너를 만나다 / 전선희

삶이라는 인생길에서
햇빛보다 밝고 달빛보다 고운
그대를 만나
지금 이 순간 행복합니다

선물 같은 나날들
내 마음의 빈터에
인생의 향기 가슴에 가득 담아
아름다운 사랑을 노래합니다

꿈과 열정으로 가득한
소중한 그 길을 함께 걸어가는
생의 뜨락에 영혼의 울림으로
삶의 그림을 그립니다

오늘은 어제보다 행복하고
내일은 오늘보다 더 행복한 일들로
내 모든 것이 끝나는 그 순간까지
빛나는 삶으로 채우고 싶습니다

시인 정대수

■ 프로필
시인, 수필가

대한문학세계 시, 수필 부문 등단
(사)창작문학예술인협의회 회원
대한문인협회 경기지회 정회원
대한창작문예대학 졸업
문예창작지도자 자격 취득
경기지회 동인지 제2집 "달빛 드는 창" 공저

망우산(忘憂山) / 정대수

살아서는 빼앗기고 죽어서도 갈 곳이 없어
바람이 부는 대로 정처 없이 떠돌다가
쫓기듯 중랑천의 물살을 가로질러
외진 곳에 자리 잡은 공동묘지에
지난한 흔적을 도틀어 쓸어 담았다

무량하게 너그러워 보이던 망우산에
헝클어진 무덤들이 여기저기 웅크리고
이울어가는 해그늘 눌러 밟으며 전설이 되어
수런거리는 바람을 올라타고 달린다

사위어가는 8월의 땡볕 하늘 아래 침묵을 깨고
무연의 상을 차린 이 누구일까
지나온 여정을 거울삼아
앞으로 나아갈 길 아득하지만
마음에 잇닿아 가슴 치는 소리
메아리가 되어 울리는데

애련의 마음으로 걸어 다닐 때면
삶의 의미 되새김질로 다지고
훔척거리던 바람 소리까지 무심할 수 없어
굽어진 사잇길로 자꾸만 발을 들이민다

지척에 북한산은 말없이 내려다보았을 것이다
교교하게 흐르는 한강은 들었을 것이다

자맥질하듯 더듬어 보는
끊이질 않는 순례자들의 발길은
푯돌 앞에 소곳하게 옷깃을 여미고
다붓이 머리를 조아리는 망우산(忘憂山)은
세상 모든 근심까지 잊고 가라 하네.

감자 / 정대수

푸른 줄기를 당기면
자갈밭에서 주렁주렁
가지가지 모양의 감자가
조막만 한 손에 딸려 굴러 나온다

보이지 않는 땅속에서 흙은
대체 어떤 마법을 일으켰기에
온갖 영양제를 고루 챙겨 먹인 듯
실하고 토실토실한 알맹이를
만들어 내는 것일까

솥이 고단한 눈물을 흘리면
그 냄새에 홀리듯 이끌려
뚜껑을 열고 후후 불어
김치 하나 척 올려주면 별미였던 감자
생각하기 싫을 정도로
질리게 먹었는데

시장에서 날개 돋친 듯 팔려나가기에
얼떨결에 한 보따리 사 들고 와서
약간의 사카린을 넣고 삶았더니
팍신팍신 윤기 나게 농익은
하지감자의 향수에 자꾸만 손이 간다.

빗속을 걸으며 / 정대수

세상이 온통 초록이다
7월에 장맛비는 그 초록 바탕에다
더 진한 물결로 덧칠하는 것으로 수런거리며
하늘을 구름으로 덮느라 분분한데

세월을 비껴가지 못하기는 나무도 마찬가지다
빗물의 무게를 견디지 못한 늙은 나무는
푸른 잎 몇 장 깔아뭉개고
시작부터 안쓰러운 모습으로 바닥에 쓰러져 있다

굵은 빗방울을 온몸으로 얻어맞으며
주렁주렁 하얀 등을 매달고 있는
배나무를 지키고 있는 무성한 푸른 잎은
꿈쩍도 않던 회색 구름을 조금씩 밀어내는 바람에게
말로 다하지 못하는 무량한 사연 연거푸 보내는 중이다

새들도 풀벌레도 어디로 숨어들었는지
정적이 감도는 고요한 숲속에
길마다 작은 고랑을 내며 흐르는 물은
실개천을 이루며 계곡을 일깨우고

나뭇가지 끝을 붙잡고 실랑이를 하는
발그레하게 익어가는 복숭아 색깔과도 같은
치맛자락 하늘거리는 소녀에게 혼이 팔려
빗길을 바장이던 산골 소년 이야기는
장마철이면 새록새록 빗속을 거닐게 한다.

어쩌다 보니 / 정대수

때가 없는 것이 어디 있겠는가
하면서도 그때를 잡을 수 없다가
우연인지 필연인지도 모르게
어쩌다 보니 주어진 때늦은 기회가
마지막인 것 같기에
죽기 살기로 움켜잡았다

늦었다고 생각할 때가 빠르다는 말은
감수해야 할 것이 그만큼 많아진다는 것을
해가 중천에 오르기 전에
서둘러 논밭을 일구는 농부는 안다

무엇이 그리 길을 막았을까
꿈에서조차 이루지 못한 미련
뒤늦게 시작된 한풀이가 망설여지는 것은
이제 극복하기에는 버거워서일까

구름 뒤에서 곁눈질하는
소심한 별빛 같은 부담에 용기를 내고
작은 자신감을 꺼내보기로 하는데
목소리는 자꾸만 기어들어 가고
모두가 나를 보며 웃는 것 같은 하루가
땡볕처럼 따가웠지만
이왕 시작한 것 끝장을 보기로 했다.

그 손 참 곱다 / 정대수

시험 볼 때 곁눈질하듯
옆에 앉은 사람을
얼핏 쳐다보게 되었다

손에 들린 휴대전화기로
더듬더듬 쓰는 문자의 글씨가
대문짝만하여
한눈에 들어온다

튀김집에 다닌다는 중년의 여인이
쓰고 있는 문자
"언니 일 다니요"
안부를 묻는 내용이다

밀가루와 튀김가루가 손톱 구석구석에
딱지처럼 엉겨 붙은 손
흔한 장신구 하나 없이
투박하고 볼품없지만
그 마음에
사랑이 엉겨 붙어있는
참 고운 손을 보았다.

시인 정승용

■ 프로필
대한문학세계 시 부문 등단
대한문인협회 경기지회 정회원
(사)창작문학예술인협의회 회원

〈저서〉
시집 "어른 이미지詩 늦게 배운 도둑질"

테스 형 / 정승용

난,
조석으로 운동 중이오
형은
그럴 때가 없었더랬소
젊을 때
팔팔하던 것들이
결정적일 땐
꼬리 말던 쪽팔림 말이오

난,
오줌 줄기가 약해질 때
비로소 알게 된 거요
뿌리가 부실하면
중심을 바로 세우는 일이
세상일 중
제일 힘들다는 걸 말이오

똥개 / 정승용

발바리 앞에 있는 뼈다귀가
좀, 욕심나기는 해도
벼룩 간 빼먹는 일임을 알고

셰퍼드 앞에 있는 먹거리는
늘, 먹음직스러워도
그림의 떡임을 잘 알고 있는

재주도 힘도 쥐뿔도 없지만
내 것, 남의 것, 정도는
구분할 줄 아는 현명한 똥개

명을 재촉하는 짓은 않는
비굴한 똥개라 하더라도
분수(分數)대로 살고 싶다

옆집 발바리 같은 아저씨도
우리집 셰퍼트 같던 아버지도
정의가 뭔지 환갑 전에 가셨다

처자식이 뭔 죄라고..

214

뉴라이트 / 정승용

그때, 그 맛이
짠맛이었는지, 신맛이었는지
난, 잘 모르긴 해도
할배들 표정 하나로도
죽을 맛임을 알 것 같은데

멀쩡한 독도를 지워놓고
내 편이 아닌 남편 같은
똥고집, 우리 집 바깥양반

제철 만나 살이 통통 오른
너는
그 시절 일제에서 살고 있어도
나는
여전히 대한에 살고 있다

낙관 / 정승용

그림 그리기와 詩 쓰기가
하혈로 끝나버린 여름
나의 쓸모를 찾아야 했다
미완성에는 낙관이 없으므로

가을 별자리 / 정승용

고여있는 건
탁해지기 쉬워서 그런지

물 흐르듯
계절이 흐르고
세월이 흐르고
너마저 흘러 지나갔는데

가을이 왔으니
이제, 내가 흘러갈 차례다

시인 정인호

■ 프로필
대한문학세계 시 부문 등단(2024년 1월)
(사)창작문학예술인협의회 회원
대한문인협회 경기지회 정회원
부천남성 합창단 단원 (Baritone)
초이스 시니어 코러스 합창단 단원 (Base)

마음에 쓰는 시 / 정인호

낡은 흔들의자에
반쯤 몸을 파묻고
살바람에 흩날리는
풀잎들을 멍하니 바라본다.

행복이란
지금 이 모습이련다.

아름다움을 가득 품고
다가와준 내 사랑

삶의 고단함을
기쁨으로 승화시키는
어여쁘고 환한 그대의 미소

오늘도

하늘이 내려준 선물이라
다짐을 하며

마음속 사랑의 씨앗은
꽃 피울 준비를 한다.

심(心) 면(面) / 정인호

천 가지 모습으로
백 가지 표현을 하고
깊이를 알 수 없는
울림을 감춘 채

언젠가
터질지 모를
붉은 활화산처럼
휘몰아치는 폭풍의 눈으로

모든 것을
한순간 무너트릴
분노의 찬 얼굴을 가진

하지만
잔잔한 살바람의
손짓하는 어린아이의 어여쁜
미소를 머금고

아름다움 또한
내면 깊숙이 감추고 있는
마음속 천의 얼굴

소주 / 정인호

인생을 담은
초록색 술병을 들어
투명한 빈 잔에 가득 채운다.

작은 폭포수처럼
채워지는 술잔은 그야말로
산명수청(山明水淸)이다.

쓰디쓴 첫잔에
오늘을 담아 순간 들이킨다.

목구멍을 타고
내려가는 알코올의 향기는
몸속 깊숙한 곳으로 스며든다.

빈 잔과 함께
고되고 힘들었던 하루의 기억도
모두 비워버린다.

두 번째 술잔에
내일의 희망을 담아 채워본다.

소중한 선물 / 정인호

당신은
나에게 소중한
행복의 나날을 주었습니다.

아름다운 삶을,
인생의 목표와 삶의 목적을

하루하루
살아갈 용기와
주변의 어려움을 둘러볼 눈을

불행이란
씨앗 속에 허덕이며
살던 삶 속에

아침 햇살 같은
희망의 선물로 다가왔습니다.

나의 모든 삶은

당신과 함께 행복이라는
사랑으로 이어가려 합니다.

손 편지 / 정인호

작은 손
연필 한 자루
마음을 담은 편지 한통
동네 어귀 우체통에 넣어두면

멀리서 들리는
집배원 아저씨의 자전거 페달소리

기다림에 설렘이
행복했던 그 시절

휴대전화에 잠식 되어버린 지금

빠르게 지나치는
시간의 굴레에
왠지 사는 게 서글퍼진다.

언제 올지 모를
답장을 기다리며 펜을 들어
다시금 설렘의 편지를 쓴다.

시인 정찬경

■ 프로필
시인 / 수필가

대한문학세계 시, 수필 부문 등단 (2017)
대한문인협회 경기지회 정회원
(사)창작문학예술인협의회 회원
"시 자연에 걸리다" 시화전시 7회
명인명시 특선시인선 3회 참가

담쟁이 / 정찬경

철길 옆 낡은 회색 벽
실핏줄처럼 달라붙은 넝쿨
찬바람 허리를 후려칠 때
기차 소리만 요란하다

풀 한 포기 씨앗 한 톨 자랄 수 없고
벌레 한 마리 없는 차디찬 절벽
아무도 쳐다보지 않는
절망과 싸우는 검은 줄기

봄 햇살에 잎사귀 돋아
호박, 칡넝쿨 땅을 점령하듯
담벼락을 온통 초록으로 물들인다

바람에 흔들려도 굴하지 않고
자신의 길 찾아가는 끈질긴 생명력
하늘 향해 끝없이 기어오른다

장마철 / 정찬경

소낙비에 짓눌린 상춧잎
흐느적흐느적 몸 가누지 못한다
밤새도록 숨이 차게 울어대는 맹꽁이
쉰 목소리 애달프구나
호박넝쿨 기운차게 울타리 넘고
창밖은 온통 회색빛이다
틈이 있는 곳에 파고들어
눈물방울 떨치고 땅을 파먹는다
비는 잠깐의 휴식
차 한잔 마시며 비내음 맡는다
나팔꽃 밝은 햇빛을 그리워한다

연꽃 / 정찬경

초록 잎 물방울 하나
쪼르륵 떨어진다
흐트러짐 없는 한 송이 꽃

인연과 업보의 진리를
깨달아야 알 수 있는 미소
진흙탕 속에서 자비로 향기를 피운다
관세음보살이다
어둠 속에서 빛 발하며
그 어떤 어려움에도 흔들리지 않는다

비 먹은 구름 연민의 마음
나도 쉬어가고
흘러가는 구름도 쉬어간다

입추 / 정찬경

농수로 여린 억새
긴 머리 곱게 빗고
가는 몸매로 시원한
입추 바람을 반긴다

저만치 옥수수 영글어
누런 가을이 살찌고
들깨 밑에 시들해진 상추
조기 퇴진을 준비한다

떠나기 싫은 더위가
아침부터 매미를 건드려
목 놓아 울게 하고

잠자리 날갯짓하며
들판을 빙빙 돌다가
저 멀리 가을을 부른다

말복 / 정찬경

더위를 이겨내는 마지막 시험대
절정에 이른다
아스팔트 이글거리며 불꽃이 피어오른다

들녘을 불 지르는 뙤약볕
통통하게 여문 알들은 가을을 부른다
여름과 가을이 만나는 고샅길
여름과 가을이 배를 맞대고 힘 겨룬다

진초록 이파리 물결 사이사이로
개운한 새바람 불어온다
마지막 축제다

시인 주응규

■프로필
시인, 수필가, 작사가

대한문학세계 시, 수필 부문 등단
(사)창작문학예술인협의회 부이사장
대한문인협회 부회장
한국문인협회 협력위원회 위원
대한문인협회 심사위원
대한창작문예대학 지도 교수
제4회 윤봉길 문학대상, 한국문학 대상
한국문학 최우수 베스트작가상 등 다수

〈저서〉
제1시집 "人生은 詩가 되어 흐른다", 제2시집 "삶이 흐르는 여울목"
제3시집 "시간위를 걷다", 제4시집 "꽃보다 너"
수필집 "햇살이 머무는 뜨락"

〈작사〉
가곡 망양정 가곡(16곡) 개인 작사 음반 CD 출반 외,
가곡 120여곡 작사, 대중가요 작사 다수

먼 후일 / 주응규

그대를 진실로 사랑했기에
가슴에 묻어야 했습니다

가슴에 아로새긴
그대라는 이름
잊으려야 잊힐 리 있겠습니까

그대와 함께했던
시간 속 순간순간들
세월이 가면 갈수록
짙은 그리움의 향기로
배일 겁니다

먼 후일
햇살과 바람 편에 사연 실어
그대로 인해
가슴이 뜨거웠노라
실토하겠습니다.

가을로 피어나는 어머니 / 주응규

청명한 하늘은 어머니 마음씨 같고
햇살에 윤기가 흐르는 향기는
어머니 내음 같습니다

한평생을 한 땀 한 땀 기워 입으시며
식구들을 건사하시던
어머니의 빛 고운 자취는
단풍처럼 아름답게 물듭니다

먼 듯이 가까운 곳에서 손짓하는
어머니의 자애로운 미소가
수채화로 맑고 투명하게 번져와
금세 고여버린 눈물을
가을바람이 닦아줍니다

하늘나라로 자리를 옮겨 피어난
어머니의 그윽한 향기가
나의 마음을 포근히 감쌀 때
나지막이 어머니하고 부릅니다.

애기똥풀 / 주응규

늦봄부터 늦여름까지
주변의 길가나 풀밭에서
노랗게 피어나는
흔하디흔한 꽃

무심히 스쳐온 세월에
반백을 넘기고서야
계절의 요람 속에서
갓 잠 깬 애기똥풀을
물끄러미 본다

오월의 푸른 햇살처럼
생긋방긋 웃는 얼굴

산들에 싱그럽게 퍼지는
상긋한 옹알이

풀잎 스치는 바람처럼
아장아장 걸음마 놓은
애기똥풀.

아직도 가슴에 / 주웅규

머물던 자리 돌아보면
어느덧 노을빛 그리움

햇살에 퍼지는 웃음소리도
바람결에 스치는 목소리도
온통 그대이기에
한 줄기 햇살과 바람에도
찰랑거리는 가슴

그대 그리움으로 물결칠 때
가슴에 하얗게 부서지는
물보라 사랑

불현듯이 떠오르는 얼굴이
아직도 그대라서
가슴에 살포시 피워보는
그리운 그대 꽃.

겨울 산책 / 주응규

머리맡의 얼어버린 자리끼같이
천지간이 정적에 잠겼다가
쩡쩡 갈라지는 겨울 속을 걷는다

뭇발길에 비켜선 먼 산자락
절벽에 뿌리내린 노송은
잔솔가지에 백화(白花)를
난만히 피운 채
의연한 기백이 푸르르다

고드름같이 하얗게 날이 선
창백한 햇살을 흠빨며
근근이 목숨 줄을 부지하는
무수한 생명이 실살스레
봄을 피우기에 분주하다

자연의 맥박이 쉼 없이 고동쳐
분홍 꿈을 시나브로 투영하는
삶은 한겨울 날의 산책 같다.

시인 **최명오**

■ 프로필
시인, 수필가, 소설가

대한문학세계 시, 수필, 소설 부문 등단
(사)창작문학예술인협의회 회원
대한문인협회 경기지회 정회원

〈저서〉
시집 "슬픔도 그리울 때가"
소설 "1999년생 운 좋게 태어난 놈"

그 사람 때문에 / 최명오

마음이 따듯한 사람
햇살만큼이나 따듯한 사람

눈앞에 보이지 않아도
멀리 있어도 알 수 있는 사람

발소리만 들어도
가슴이 콩닥콩닥 뛰는 사람

바지랑대같이
마음을 따듯하게 해주는 사람

거울처럼
마주 보고 있어도 보고 싶은 사람

그 사람 때문에
날마다 영원을 사모하고 있습니다.

응축된 기억들 / 최명오

그토록
따가운 햇살도
바람도 태워버린 하루해가

해 질 녘 노을빛에
둥그렇게 말려들고 있네요

계절도 기후변화에
나이가 들어가는가 봅니다

어쩌면 꼰대 같은
나 때라는 말이 무색한 시절

시린 바람도 나 때의 열정에
녹아내리던 시절이 있었다고

하지만
나 때라는 말이 무색해진 세월

지금은 덫에 걸린
응축된 기억들이 황혼에 묻힌 밤

어쩌면 어항 속
금붕어가 부러운 나이가 되었네요.

대일밴드 / 최명오

화려한 날들의
추억이 하나둘 묻히니

잊힐듯한
기억들이 꿈틀거린다

내가
당신을 떠나온 것은

당신을
자유롭게 하기 위해서입니다

간혹 지난날을
그리워할 때도 있었지만

두 마음보다는
덜 아플 것 같아 떠나는 것입니다

좋은 바람은
언제 어느 곳에서도 따스하듯이

마음에 남은
추억에 대일밴드 한 장을 붙여봅니다.

아무렇지도 않게 / 최명오

때로는
힘겨운 일도 부서지는 마음도

아무런
이유도 없이 찾아오기도 하지만

어떤 날에는
스치는 바람처럼 지나가기도 하지

그런 날은

아등바등 살아온 날들을 안주 삼아
아무렇지도 않게 씹고 있기도 하지만

삶이 더하고 빼기가 아닌 만큼

쉬지도 않고
달려온 시간도 이만큼 걸어보니

새벽을 따라온
시간도 밤낮을 달리는 마음까지도

때로는
아무렇지도 않게 다가오고 떠납니다.

시혼(詩魂) / 최명오

봄이 오니
여름이 생각나고

여름이 가니
가을이 생각난다

겨울이
뒤에 있어 석양이 빛나듯

새봄을 기다리는
마음이 예전 같지 않다
윤회(廻)의 세월 탓인가

청보리 들녘 너머로
출렁이는 파도 소리가 들린다

나른한 햇살이
상고대 잎새를 깨우고
가지마다 바람이 리듬을 탄다

새봄의 울림은
색깔이 바뀌는 산처럼
내 마음에도 시혼(詩魂)을 부른다.

시인 **최상근**

■ 프로필
교육학박사, 한국교육개발원 선임연구위원
호서대학교 교수 역임
대한창작문예대학 학장, 심사위원 역임(2006~2017)
대한문인협회, 한국문인협회, 성남문인협회 회원

〈저서〉
시집 "꿈을 하늘에 매달아 놓았다(2009)"
"신촌로터리 시계탑의 미션(2011)" 등

낙엽송 / 최상근

하늘 보며 바람 타며
즐겁게 놀던 내가
한 해도 살지 못하고 버림받아
땅에 떨어진 서글픔과 분함은 이를 데 없구나

하염없이 쏟아지는 비를 맞고 나니
대항할 나위도 없는 틈을 타
배추 절구듯이 뭉쳐지고 접히어지는 신세가 되었으니
고춧가루처럼 매서운 흙에 버무려지겠구나.

물이 가는 곳 / 최상근

물은 흘러간다.
위에서 아래로 흐른다.
조그마한 개천을 따라 흐를 때는
어린아이처럼 꽤나 소리 내며 흐른다.
점점 넓은 곳에서 흐를 때는
점잖은 양반처럼 이해 못 할 소리를 내며 흐른다.

그러다
뜨거운 태양을 만나면
오랜 흐름을 마치고 하늘로 올라간다.

산1 / 최상근

산은 목표다
설정하지 않아도
달성하지 않아도 되는

그럼에도
일단 오르면
쩔은 땀을 빼주고
푸르른 기운을 채워주는

산은 목표다
이루고도 또 올라야 하는
산은
변하지 않고 실망 주지 않는
언제나 한결같은
목표다.

산이다.

정류장 / 최상근

저기 저 차를 타야 하나 말아야 하나
차 속도 모르고 갈 곳도 모르는 데다가
다음 차 언제 올지도 모르니 애가 쓰이네

차란 원래 내리고 타면 그냥 가 버린다
여기보다 더 좋은 데 있는지 아무도 모르는 데다가
정류장 안내판 보아도 모르겠으니 속만 끓이네.

구두 3 / 최상근

구두는
좌우대칭 일란성 쌍둥이이다.

구두는
자신의 바닥에 해당하는
뒤 축을 계속 닳아가면서
인간의 발을 감싸주고
넓은 세상 이리저리 오래도록 돌아다닌다.

같은 소의 등 껍질에서 왔는지
다른 소의 등 껍질에서 왔는지
그 누구도 모를 일이지만
좌우간에 정이 없겠는가?

시인 최승태

■ 프로필
경기 이천 거주
대한문학세계 시 부문 등단
(사)창작문학예술인협의회 회원
대한문인협회 경기지회 정회원
한국문인협회 회원

나도 아파 보자 / 최승태

혹시 꽃도 아파 보았을까?

꽃이 서럽게 붉은 것도
저리 눈물 나게 맑은 것도
잔잔한 미소 뒤에 숨어 있는
타다 남은 심장 한 조각 있어서다

나도 얼마만큼 더 아파야
작은 꽃잎 하나 넌지시
세상에 내어놓을 수 있을까?

꽃도 아파 본 꽃이 더 선명하고
사람도
한 시절만이라도
아파 본 사람이 아름다운 법이다

사는 게 힘들어도 / 최승태

사는 게 힘들어도
자책하고 서러워 마라
이 세상은
어차피 그대 것이다

올려다보고 살지 마라
비교하며 살지도 마라
그대 인생을 살아라

사람이 세상에 나올 때는
그만한 이유가 있는 것이니
허송세월이라 말하지 마라

시절 인연 다하면
하늘이 그대를 거둘 것이니
그저 묵묵히 길을 걸어가라

월출산에서 / 최승태

터줏대감 검은 바위는
허공의 진리를 잡으라 하고

먼 데서 불어온 흰 바람은
한 생각 내려놓으라 한다

시방 무엇을 취하고
무엇을 버릴 것인가!

월출산은 아무 내색이 없고
산사의 돌부처만 눈치를 본다

소나무 / 최승태

세상은
남루할지언정

어김없이
꽃은 피네

미련한 놈
어쩌라고

앞산 안개 속
저 소나무는

또 눈치 없이
저리 푸르더냐.

빨간 장미 / 최승태

동네 작은 구멍가게 모퉁이에
오월이면 발그레한 장미가 핀다
시종 빨간 단색이나 몹시 탐스럽다

가끔 지나며 잠시 나눈 눈인사에
낯이 익으니 슬쩍 한마디 건넨다
가시 돋친 얼굴과 달리 음성이 부드럽다

텅 빈 허공을 닮으며 살란다
알맞게 내리는 봄비를 닮으며 살란다
시류에 매이지 않는 바람을 닮으며 살란다

내일 동틀 녘에 살며시 찾아가
이슬 머금은 빨간 장미에게 말해 주리라
그리 살아보겠노라고, 진정 고맙다고

시인 최은숙

■ 프로필
대한문학세계 시 부문 등단 (2021년 7월)
대한문인협회 경기지회 정회원
(사)창작문학예술인협의회 회원
한국문인협회 성남지부 글짓기대회 시부문 수상 (2022년 10월)

내 마음은 꽃밭 / 최은숙

마음의 밭에
꽃을 심는다
빨갛게 피어오른
예쁜 꽃을 심는다

흐리고 비 오는 날
축축한 아침에는
핑크빛 철쭉을 심는다

가슴 가득 꽃을 심고
한편에는 작은 풀잎들이
싱그럽게 생글대는
꽃씨를 뿌린다

오롯이 가슴에 차오른
마음의 꽃
사랑의 꽃을 심는다

나의 등대에도 불이 켜집니다 / 최은숙

목면포 같은 구름이
파도에 출렁입니다

제주항에서 불어오는 바람이
솔잎을 핥고
숲의 골짜기로 내달립니다

거대한 바다는
아침을 끌어와
펴진 책에 놓습니다

손바닥에 비릿한 바다 냄새
희뿌연 안개의 짭짤함이
숨겨진 고독을
파란 손으로 헤집습니다

뱃고동 소리
붕 붕 붕-

아련한 그리움 저편에서
별들의 웅성거림과
웃음소리가 들려옵니다

설렘과 절망의 섬 제주
나는 제주항에서
인천항으로 도망칩니다

그러나
떠날 수 없습니다
펄떡이는 파도가 일렁일 때
내 꿈도 일렁인 까닭입니다

파란 하늘보다
더 파란 바다

푸름이 짙어 검푸른 숲
나는 하나의 점입니다
대자연에 심어진 점

남겨둔 사랑은
까맣게 숯이 되고
바람은 송송 구멍을 뚫습니다

나는 구멍 난 가슴에
바다를 심습니다

어둠이 내리면
바다는 잠이 듭니다

등대
등대에 불이 켜집니다

등대지기의
행복한 웃음이
바다로 떠내려갑니다

바다는 오렌지색
내 고독의 등대에도
불이 켜집니다

내 스무 살을 만나다 / 최은숙

핸드폰을 끈다
나를 외부로부터 차단한다

내면에서 내 스무 살이
고개 들고 나를 부른다

"조금만 기다려
곧 따라갈게"

나는 신발을 찾는다
스무 살의 내 신발은
굽 오 센티 흰색 하이힐

맑은 눈동자
눈부시게 하얀 원피스
또각또각 길을 걷는다

아카시아 언덕
꽃향기는 솜사탕처럼 몽글몽글
내 손가락은 열
아카시아 손가락은 스물이다

아카시아 언덕에서
내 스무 살을 만났다

체취 / 최은숙

이슬 맺힌 봄날 아침
안개 발자국 따라 텃밭을 향합니다
그녀의 체취가 배어 있는 텃밭을 향합니다
파릇한 부추와 마늘, 잡초 같은
그리움 조각들을 파냅니다

활처럼 휘어진 허리
검게 그을린 가녀린 몸뚱이로
텃밭에 푸른 꿈을 심었습니다
그녀의 벗은 발을 옮길 때마다
흙은 그녀의 땀방울을 기억합니다

햇살이 눈 부신 아침
그녀는 긴 여행을 떠났습니다
고단함을 내려놓고 찬란한 빛을 따라
신비롭고 환희에 찬 기쁨 소망의 나라
그녀는 거기 있습니다

그녀의 봄을 가고 다시 봄
연녹색 고운 잎이 푸름으로 짙어가면
푸른 비색보다 더 짙은 그리움
파릇한 부추와 마늘, 잡초에도 배어 있는
그리움 조각들을 주워 모읍니다

나지막이 불러보는 그녀의 이름

비 오는 날에는
차디찬 흙마루에 걸터앉아
구멍 난 낡은 양말을 꿰매던 그녀
칠 남매의 해진 옷을 꿰매던 그녀는
음각으로 새겨진 마음의 벽화입니다

259

시인 홍성기

■ 프로필
시인, 수필가

전북 정읍 출생
대한문학세계 시, 수필 부문 등단
대한문인협회 경기지회 정회원
(사)창작문학예술인협의회 회원
홍조근정훈장 수상
2023년 「경기도 어르신 작품공모전」 [문예부문]입선

하얀 민들레 / 홍성기

길 걷다 마주친 하얀 민들레
노랑 민들레 지천인데
척박한 땅 비집고 서서 곱게도 피었다

외국에서 찾아 들어 엄청난 번식력으로
우리 강산 샛노랗게 물들인 노랑 민들레에
밀리고 밀리다 사라져 간다

우연히 길 가다 널 보는 반가움에
내 가슴은 처녀 되어 두근두근

정절, 끈기, 인내의 상징으로
우리 강산 꿋꿋이 지켜 온 하얀 민들레
약초, 드라마, 노래 가사로
조상들의 큰 사랑 독차지하던 너
무분별한 채취로 사라져 가니
귀하디귀한 몸 된 하얀 민들레

삼천리강산 자꾸자꾸 피어나
우리 강산 하얗게 물들여 주길
두 손 모아 간곡히 소망하며
부지런히 씨받아 여기저기 뿌려본다.

꿈으로 간 내 고향 집 / 홍성기

어젯밤 꿈으로 간 고향 집엔
보고 싶은 얼굴들 모두 나와 싱글벙글 반겨준다

땔감 지게에 지고 땀 뻘뻘 흘리시며
고갯마루 넘어오신 호랑이 별명 우리 할아버지

가을이면 논에 나가 '훠이 훠이'
참새 쫓던 요리 대장 우리 할머니

장대비 내리던 날 사랑 품은 복숭아 한 자루
등짐 삼아 먼 길 걸어오신 홍장사 우리 아버지

흰 눈 펄펄 내리는 새벽 깊은 잠 억지 눈 떠
통학생 아침상 차려주신 천사 닮은 우리 어머니

고물고물 밥상머리 둘러앉아 반찬 한입 더 챙기려
눈치코치 없이 덤벼들던 코흘리개 철부지 내 동생들

얼마 만인가?
이렇게들 모여 앉아 사랑 나눔 꽃 잔치 한창이라

어젯밤 꿈으로 간 내 고향 집.

기적 / 홍성기

긍정의 말 속엔 기적이 숨어 있다

된다고 하는데 안 되는 일 없고
안 된다고 하는데 되는 일 없다

할 수 있다
하면 된다
해 보자
긍정의 말에는 기적이 일어난다

기뻐하고 감사하자
고맙다 사랑한다
즐겁고 행복하다
좋아 괜찮아
긍정의 말에는 기적이 기다린다

기적은 긍정의 말들이 뿌려 준
보석보다 더 영롱한 하늘나라 선물.

꿈에 날개를 달다 / 홍성기

화창한 봄날
아름다운 공원으로 봄나들이 가는 일
우리 가족 모두의 꿈이었다

서로가 바쁜 우리 가족
무엇이 그리 바쁜지 얼굴 본 지 오래고
정신없이 살았다

예쁘고 귀여운 손자 손녀들 하나둘 태어나며
우리 집 앞 어린이 대공원은 아이들 놀이터 되고

아기들 아장아장 뒤뚱뒤뚱 첫걸음 뗄 때
온 가족 환호하며 기쁨 한가득

천사 같은 우리 손주들!
너희들 찾아와 웃음꽃 활짝 핀 우리 가족
봄나들이 꿈, 이제는 날개 달고 훨훨.

아! 가을 / 홍성기

무더위와 장맛비로 힘들게 했던
심술쟁이 여름이 길을 떠나고

세월은 숨차게 흐르고 흘러
조석으로 찾아드는 산들바람에
화들짝 잠이 깬 가을도 성큼성큼 다가왔다

동네 앞산 밤나무 알밤이 토실토실
과수원 사과들 빨갛게 익어 가고
보름달 닮은 노란 배 군침이 꿀꺽

논의 벼들 통통하게 알이 배고
밭에는 빨간 고추와 잘 익은 호박
추수할 일꾼들 손짓하며 부른다

올가을엔
토실토실 알밤 주우러 앞산에 가고
빨갛게 익은 감 따러
장대 들고 고향 집 가야지.

시인 홍승우

■ 프로필
대한문학세계 시 부문 등단(2018.6)
(사)창작문학예술인협의회 회원
대한문인협회 경기지회 정회원
[시를 꿈꾸다] 문학회 회원
사단법인 글로벌 작가협회 이사

266

결핍 / 홍승우

모두의 밤은
동상이몽이다

환한 낮 된장찌개 끓이는 부푼 엉덩이에
손등은 추종한다 슬쩍

찰나의 순간에도 신경은 올곧이 서서 뻗대고
채우지 못한 허기로 쑥 나온 혀는 뺨을 긁는다

바늘처럼 쏟아지는 빛 아래
붉은 꽃 그림자 짙어갈수록

과녁을 향한 결핍은
허공을 가르는 중이다

잠 못 드는 밤에 / 홍승우

초저녁에 시작된
차별 없는 장맛비는
열어 둔 창문 넘어 내게도 쏟아졌다

깊은 밤
달아난 잠을 쫓는 중에도
사나운 장맛비는
자비 없이 세상을 놀라게 했다

지나온 삶을 끄적이며
그날의 그 선택을 돌릴 수 없음에
쌓이는 돌의 무게에 짓눌린 즈음

그친 비 대신 들리는 청량한 새소리는
어느 누가 올리는 하늘 향한 기도일는지

검은 흙을 뚫고
새순처럼 자라는 희망을 품은

잡설(雜說) / 홍승우

1)
빼어나게 아름다운 미녀도 하품을 한다
하품하는 동안
굶주린 금수의 영혼이 잠시 깃든다

2)
간절한 마음으로 정류장에서 버스를 기다리다 보면
멀리서 보이는 화물차에도 반가운 마음이 든다
그리고 실망하게 된다
화물차가 지나가는 동안 실망도 싣고 떠난다

3)
세상은 나의 시선 안에서만 존재하기에
내가 주인공이다

나만?

삶의 경계 / 홍승우

가늠하기 어려운 그 언덕 언저리에 솟은
덩굴은 해를 가려

쓴 풀 내를 풍기느라 여념 없는 한낮의
비명들 바로
몇 발짝 옆에 눕힌다

흐린 눈으로
성큼성큼 뜯어낸 불가지 사이

쪼르륵 사라지는 뱀 꼬리에
서늘한 진땀이 돋았다

입안 가득한 풀 내에 버무려
흰 가르마를 드러내는

선 아닌 선을 긋는…
하루

땀 / 홍승우

나는 그림자의 그림자 수줍음 속
소리 없는 향기다

이른 계절에 쫓겨 피고 진 자리
반걸음 빨라진 호흡만 남은

진드기 한 마리
어느 결에 손등 위에서

제 짧은 다리를 폈다 오므렸다 편다

자리가 낯설어선지
손등의 따뜻함이 불편해서인지

천천히 뒷다리가 마디마디 접히는데
출혈열이 떠올라

눌러 짓이겼다
언젠가 분명 짓이겨질 것이기에

눈꺼풀 없는 눈동자는
내 살에 점이 되어 박혔다

별빛 드는 창

대한문인협회 경기지회 동인문집 제3집

2024년 10월 8일 초판 1쇄
2024년 10월 10일 발행
지 은 이 :

강사랑 공영란 국순정 권삼현 권승주 김명호 김선목 김원철 김종각
남원자 문경기 문대준 박기숙 박만석 박미향 박청규 배정숙 사방천
서현숙 신주연 신창홍 심성옥 염경희 오홍태 이만우 이문희 이영하
이정원 이현자 이환규 임숙희 전경자 전선희 정대수 정승용 정인호
정찬경 주응규 최명오 최상근 최승태 최은숙 홍성기 홍승우

엮 은 이 : 전선희
디자인 편집 : 이은희
기 획 : 시사랑음악사랑
연 락 처 : 1899-1341
홈페이지 주소 : www.poemmusic.net
E-Mail : poemarts@hanmail.net

정가 : 15,000원
ISBN : 979-11-6284-561-5